KB123703

루쉰의 『아큐정전』 읽기

세창명저산책_027

루쉰의 『아큐정전』 읽기

초판 1쇄 인쇄 2014년 11월 10일
초판 1쇄 발행 2014년 11월 15일
_
지은이 고점복
펴낸이 이방원
기획위원 원당희
편집 조환열 · 김명희 · 안효희 · 강윤경
디자인 손경화 · 박선옥
마케팅 최성수
_
펴낸곳 세창미디어

출판신고 2013년 1월 4일 제312-2013-000002호

주소 120-050 서울시 서대문구 경기대로 88 냉천빌딩 4층

전화 02-723-8660

팩스 02-720-4579

이메일 sc1992@empal.com

홈페이지 http://www.sechangpub.co.kr/
_
ISBN 978-89-5586-214-0 03800

이 도서의 국립중앙도서관 출판시도서목록(CIP)은 서지정보유통지원시스템 홈페이지(http://seoji.nl.go.kr)와
국가자료공동목록시스템(http://www.nl.go.kr/kolisnet)에서 이용하실 수 있습니다.
CIP제어번호: CIP2014031475

세창명저산책_027

루쉰의 『아큐정전』 읽기

고점복 지음

세창미디어

머리말

내가 처음 『아큐정전』을 접한 것은 대학교 2학년 무렵이었다. 당시만 해도 한국과 중국은 정식 외교관계가 수립되지 않은 상황이어서 중국문학에 대한 관심은 전반적으로 저조했다. 특히 중국현대문학은 중국이 공산화되면서 이데올로기적 문제로 인해 독자의 시선을 끌기가 더욱 어려웠다. 기껏 읽힌 작품이 진융金庸으로 대표되는 무협 소설이었던 점을 보면 당시 사정을 짐작할 수 있다.

국내 소설이나 시를 즐겨 찾아 읽던 내가 『아큐정전』을 접하게 된 것은 순전히 우연이었다. 외국소설 부스에 꽂혀 있던 소설 가운데 중국현대문학 작품은 『아큐정전』 하나뿐이었던 것이다. 물론 그런 우연 속에는 중문과에 재학하고 있다는 암묵적 계기가 작용했는지도 모르지만, 그때까지만 해도 중국소설은 따분하기 그지없다는 인상을 가지고 있던 내게 『아큐정전』은 구미를 당기는 독서물은 아니었다. 그런데 지금까지도 루쉰과 그의 작품에 대한 연구로 밥벌이를 하고 있는 걸 보면, 필연적 우연은 아닐는지.

당시 기억을 상기해보면, 『아큐정전』은 작품성이 뛰어난 것 같지는 않았다. 그렇게 생각한 원인은 아마도 낯선 형식과 시대착오적인 내용 때문이었던 듯하다. 우선 형식적 측면에서 『아큐정전』은 낯선 구석이 많았다. 나중에 알게 된 바에 의하면, 그런 형식을 장회체章回體라고 했다. 1장, 2장, … 대단원大團圓식의 형식을 두고 하는 말이었다. 서론 격인 1장과 본론 격인 8개의 장, 그리고 결론 격인 대단원, 게다가 각 장마다 다른 제목이 부여되어 있는 형식은 낯설기도 하고, 호기심을 자극하기도 했다. 이 역시 나중에 알게 된 것이지만, 그것은 신문연재를 위한 방편이었다. 신문의 편집체제와 구독자의 구미에 맞추기 위해 작품은 매 장마다 나름의 클라이맥스와 여운을 남겨야 했던 것이다.

형식적 낯섦이 야기한 불편은 내용의 이해에도 전이되었다. 물론 중국, 특히 20세기 초 중국에 대한 이해가 일천했던 나 자신의 무지가 가장 큰 이유였겠지만, 무엇보다 바보스럽기 그지없는 아큐의 모습에 반감을 가졌던 듯하다.

강자에게는 한없이 비굴하고, 약자에게는 굴종을 강요하는 아큐의 모습에서 이율배반을 느꼈는지도 모른다. 그러한 아큐의 모습을 '정신승리법'이라고 부르고, 작품의 주제도 그에 대한 비판에 있다고 했다. 그러나 당시 나는 속된 말로 '피가 끓는 청춘'이었기 때문에 아큐에게서 별다른 감흥을 받지 못했다. 내게 아큐는 그냥 배척해야 하는 대상일 뿐이었다. 그렇게 나는 『아큐정전』을 뒤로 물려두었다.

아큐가 내게 어떤 감흥을 준 것은 그로부터 상당한 시간이 지난 후였다. 그때는 중국과 루쉰에 대한 이해가 어느 정도 깊어진 상태였으며, 더불어 20세기 초 중국 지식인의 비애에 대해서도 조금이나마 공감할 수 있게 될 무렵이었다. 무엇보다 나 자신에 대한 존재론적 고민이 더해지면서 아큐는 다른 의미로 다가왔다. 한마디로 아큐의 어리석은 모습을 비웃던 내가 그에 대해 연민을 품고 있었던 것이다.

그렇게 다시 본 『아큐정전』은 아큐의 정신승리법을 비판하고 있었을 뿐 아니라, 나 자신의 정신승리법, 나아가 인간의 나약한 정신세계를 반추하고 있었다. 그뿐이 아니었다. 아큐로 대변되는 중국인의 특성, 자오 나리로 대표되는 상층 지식인의 이중성, 중국인의 의식과 삶에 제약을 가져온 낡은 관습, 인간세계를 바라보는 루쉰의 연민 어린 시선, 중국혁명의 허위성 등 중국사회의 온갖 현상이 나열되어 있었다. 간단히 말해 『아큐정전』은 20세기 초 중국사회의 프리즘이었다. 그제야 나는 루쉰을 중국현대문학의 아버지로 부르는 이유를 절절히 깨닫게 되었다. 그렇게 다시 『아큐정전』을 끌어안게 되었으며, 중국이라는 낯선 세계에 흠뻑 빠져들었다.

나는 『아큐정전』을 통해 20세기 초의 중국뿐 아니라, 현재의 중국을 보기도 한다. 구경거리에 심취하는 중국인, 그들의 낡은 관습, 중화인민공화국을 낳은 중국혁명의 지난한 과정, 아큐의 정신승리법, 병리적인 중국인에 대한 루쉰의 연민, 루쉰과 같은 지식인이 품었던 중국사회개혁의 방향 등은 지금의 중국을 이해하는 데에도 많은 도움이 된다. 물론 중국뿐이 아닐 수도 있다. 타산지석으로 삼아 현재의 우리를 되돌아보는 계기가 될 수도 있을 것이다. 이 책의 집필을 결심했던 이유도 여기에 있다.

그러나 나는 집필을 시작함과 동시에 상당한 곤란에 직

면했다. 루쉰만큼 국내에 알려진 중국 작가는 없으며, 그의 대표작 『아큐정전』 역시 그렇기 때문이었다. 누구나 한번 쯤은 들어봤음직한 작품에 대한 해설서가 따로 필요한 것일까? 머뭇거림은 근 1년 이상 지속되었다. 아직까지도 나는 반신반의하고 있다. 이 책은 그런 주저와 결단 사이의 결과물이다. 그럼에도 일단 시도해보기로 했다. 나 스스로 확신할 수 없다면 실행하는 것이 그나마 답을 찾아가는 데 가까워지는 것이라고 생각했기 때문에. 그리고 그런 방식이 바로 문예를 통해 중국인의 국민성을 바꾸고자 했던 루쉰의 방식이었기 때문에.

일러두기

1. 본문에 수록된 루쉰의 글은 중국의 인민문학출판사(人民文學出版 社)에서 발행한 『魯迅全集』(전15권, 1981)에서 번역하여 인용하였 다. 몇몇 글의 경우, 아래의 도서를 인용문 번역에 참고하였다.

『꽃띠문학』, 루쉰 지음, 유병태 옮김, 지영사, 1999.

『노신선집』, 루쉰 지음, 박정일 옮김, 여강출판사, 1991.

『魯迅文集』, 다케우치 요시미 역주, 김정화 옮김, 일월서각, 1985.

『무덤』, 루쉰 지음, 홍석표 옮김, 선학사, 2001.

『청년들아, 나를 딛고 오르거라』, 루쉰 지음, 유세종 편역, 도서출 판 창, 1991.

『페어플레이는 아직 이르다』, 루쉰 지음, 취츄바이 엮음, 루쉰읽 기모임 옮김, 케이시아카데미, 2003.

『화개집』, 루쉰 지음, 홍석표 옮김, 선학사, 2005.

2. 단, 『아큐정전』은 국내에 출판된 『루쉰소설전집』(김시준 옮김, 서울 대학교출판부, 1996)에서 직접 인용하였다.

I.
들어가며

    루쉰魯迅과 그의 문학에 대한 연구는 수많은 연구자에 의해 다양한 관점에서 진행되어왔다. 특히 그의 아이덴티티를 규명하려는 노력은 아직까지도 결정적인 결론을 이끌어내지 못하고 있다. 아이덴티티와 관련된 명확한 결론을 도출할 수 없을 정도로 루쉰의 문학세계가 던지는 메시지가 강렬하다고 보아야 할 것이다.

    루쉰의 개별 작품에 대한 연구, 그의 문학사상, 중국현대문학의 형성과 영향 등에 관련된 학술적인 부분뿐 아니라, 그의 행적, 인간관계, 가족관계 등과 같은 비문학적 요소에 대한 연구 성과도 상당히 많다. 루쉰의 작품에 등장하는 인물이나 이름이 현실공간에서 그대로 활용될 정도이니 그의 영향력을 쉽사리 짐작할 수 있다.

연구자가 처한 시대적 상황이나 공간의 상이성으로 인해 루쉰에 대한 평가가 다르게 나타나는 경우도 있지만, 루쉰을 사상가이자 혁명가이며 문학가로 보는 관점은 보편적으로 수용되고 있다. 그러한 관점은 "루쉰은 중국 문화혁명의 주장主將이며, 위대한 문학가일 뿐만 아니라, 위대한 사상가이며 위대한 혁명가였다"「新民主主義論」, 孫郁·黃喬生 編選, 『紅色光環下的魯迅』, 河北教育出版社, 58쪽에서 재인용라는 마오쩌둥毛澤東의 견해에서 비롯되었다.

루쉰의 아이덴티티와 관련한 대표적인 연구 성과로 다음과 같은 예를 들 수 있다. 루쉰 문학의 정수를 문학가에서 찾는 다케우치 요시미竹內好, 혁명가의 형상에서 찾는 마루야마 노보루丸山昇, 루쉰을 사상화된intellectualized 작가로 보는 리어우판李歐梵, 역사적 중간물 개념을 통해 루쉰의 실질을 규명하고자 한 왕후이汪暉 등이 있다. 이렇게 루쉰의 아이덴티티를 규명하고자 하는 다양한 시도를 통해서도 루쉰과 그의 문학세계가 담고 있는 의의를 확인할 수 있다.

흥미로운 건 그런 다양한 시도를 통해서도 루쉰의 아이덴티티가 명확하게 규정되지 않는다는 점, 또 어느 하나의 견해만으로도 루쉰의 면모를 유추할 수 있다는 점이다. 20세기 중국의 지성사를 이해하는 첫걸음으로 루쉰을 지목하는 사람도 있을 정도이니, 루쉰 문학의 깊이를 쉽게 가늠할 수 있다. 더불어 영웅은 난세에 태어난다는 오랜 경구를 상기해보면, 루쉰이 살았던 시기의 혼란한 사회상을 역추적할 수도 있다.

『아큐정전阿Q正傳』 읽기를 시도하는 기본적인 의도는 여기에 있다. 작품을 통해 우리는 20세기 초 중국의 사회 상황, 중국인의 관념세계, 중국인에 대해 품었던 루쉰의 희망과 연민, 하층민의 고단한 삶, 지식인과 권력자의 위선, 지배와 피지배의 관계, 지식인의 고난 등에 접근할 수 있다. 더불어 이를 현재의 중국에 투영하여 이해의 수단으로 삼을 수도 있다.

「나는 왜 소설을 쓰기 시작했는가」라는 글에서 루쉰은 '계몽주의를 마음에 품고, 인생을 개량하기 위해' 창작을 시작했다고 말한다. 그의 첫 번째 소설이자 최초의 백화白話소설로 평가받는 「광인일기狂人日記」의 창작 목적은 '가족제도와 예교禮敎의 폐해를 폭로하는 데' 있었다. 더불어 「광인일기」에서 루쉰이 미래적 희망으로 제시한 '아이들을 구하라'는 외침을 보면 그의 문학이 무엇을 지향하고 있는지 분명히 알 수 있다. 그것은 바로 낡은 전통의 혁파와 국민성 개조, 즉 중국의 미래를 위한 현실변혁이다.

19세기 말부터 시작된 서양 세력의 중국 침략과 갈수록 쇠약해져가는 중국의 현실은 오랫동안 동양 문명의 종주국으로 자신해온 중국인의 자부심에 커다란 상처를 입혔다. 1840년의 아편전쟁 시기부터 본격화된 서양 세력의 중국 침략은 1912년 청나라의 멸망을 낳았다. 이 과정에서 중국인은 국가의 멸망과 민족의 소멸이라는 위기의식을 절감하고, 이의 해결책으로 각종 근대적 방안을 도입하여 실험했다. 근대적 학문을 배우기 위해 서양 각국으로 유학을 떠나는 지식인도 많았다. 당시 대다수 중국 지식인이 내건 기치는 서양 근대화의 철학적·방법론적 핵심인 민주와 과학이었다.

루쉰 역시 1902년 일본으로 유학을 떠나 고분학원弘文學院

에서 일본어를 익힌 후, 센다이仙臺 의대에 진학하여 서양의학을 공부한다. 그가 서양의학을 선택한 것은 아버지의 병구완 과정에서 중국 전통의학의 허구성을 절감했기 때문이다. 더불어 일본의 메이지유신이 상당 부분 서양의학에서 비롯되었음을 알게 된 때문이었다. 의학을 통해 루쉰은 자신의 아버지와 같은 환자들의 고통을 치료하고, 개혁에 대한 중국인의 의식을 고취하고자 했다.

그러나 그런 루쉰의 의지는 미생물학 수업 시간에 우연히 보게 된 슬라이드 한 편으로 인해 철저히 깨진다. 루쉰이 본 것은 러일전쟁 시기에 러시아의 첩자로 활동한 중국인이 일본군에게 체포되어 처형되는 장면을 둘러서서 지켜보고 있는 수많은 중국인이었다. 이 사건은 루쉰에게 육체는 건장하지만 정신적으로 마비된 중국인에게 가장 중요한 것은 정신을 바꾸는 것이라는 자각을 심어준다. 이를 계기로 루쉰은 정신을 바꾸는 데 가장 유용한 무기는 문예라는 판단을 하고 문예운동에 매진할 결심을 한다. 이후 루쉰의 삶은 문예를 통한 국민성 개조라는 험난한 길을 따라 전개된다.

1921년 12월 4일부터 『신보부간農報副刊』에 매주 혹은 격주로 발표되어 1922년 2월 12일에 게재 완료된 『아큐정전』 역시 국민성 개조가 가장 큰 목적이다. 루쉰이 『아큐정전』에서 문제화하고 있는 것은 '정신승리법精神勝利法'으로 대변되는 아큐의 관념, 사람은 그대로이고 관직명만 바뀐 혁명, 혁명 역시 시끌벅적한 구경거리에 불과한 것으로 여기는 중국인의 방관자 심리, 예교의 현실적 구현인 등급사회에 대해 아무런 비판의식 없이 안주하는 중국인, 강자에게는 굽실대고 약자는 멸시하는 사회 풍조, 서로의 약점을 찾아 이익을 탐하는 중국인 등이다.

한마디로 『아큐정전』은 수천 년 동안 지속된 전통과 거기에 아무런 비판의식 없이 순응하며 살아온 중국인에 대한 분석적 보고서이다. 그러나 『아큐정전』에서 우리가 궁극적으로 보아야 할 것은 분석과 비판의 대상이 되는 중국과 중국인만이 아니라, 비판자 루쉰도 바로 그런 중국과 중국인을 만들어내는 데 일조하고 있다는 자기 성찰이다. 다시 말해 루쉰이 국민성 개조라는 자신의 이상을 실현해나가는 방식을 고찰해야 하는 것이다. 이상의 실현을 위해 루쉰은 기꺼이 자신의 피와 살을 깎는 고통을 감수한다. 그러나 그런 노력을 통해서도 성취 여부는 불분명하다. 국민성 개조라는 루쉰의 꿈은 모든 고정되고 규정된 가치 체계와 인식의 전복에 다름없기 때문이다.

가치체계와 인식의 전복은 우선적으로 자기 자신의 전복을 통해 가능하며, 전복된 자신을 통해 중국의 현실을 되비추는 위험한 곡예이다. 다른 말로 하면 루쉰의 자기 전복은 내적 파열이 만들어내는 파편으로 자신을 먼저 죽이는 행위이며, 주체의 죽음을 통해 대상 세계에 생채기를 내는 행위라고 할 수 있다. 한마디로 루쉰 자신을 문예에 종사하게 만든 슬라이드의 주인공으로 만듦으로써 구경꾼들을 불러모으고, 그 가운데 일부 각성한 구경꾼들의 사고에 변화를 일으켜야 하는 것이다.

그와 같은 희생을 통해서도 꿈의 성사 여부는 불확실하다. 루쉰은 확신할 수 없는 꿈에 의지해 혼란한 중국사회를 온몸으로 살았던 것이다. 그는 단지 살아나가고자 하는 데도 생명의 거의 전부를 소모해야 하는 시대를 살았다. 그가 살았던 시대는 우주적 묘리니, 인생의 도리니, 공리니, 정의를 외치며 고통스런 현실을 외면하면서도 현실의 실상을 담아내는 루쉰을 매국노나 일본 정부의 첩자라며 험담을 퍼붓는 시대였다.

그러한 시대를 살았던 루쉰이기에 그의 글에는 끊임없이 무엇인가를 찾아 방황하는 그 자신의 모습이 담겨 있다. 루쉰 자신에게나 그의 작품을 읽는 독자 모두에게 그가 찾는 것이 무엇인지는 명확하지 않다. 루쉰이 명확히 알고 있는 것은 오직 하나, 국민성 개조를 위한 수단을 찾고 있다는 점뿐이다. 그래서 루쉰의 작품은 대상을 한정짓지 않는다. 소설을 비롯한 잡문雜文, 『들풀』과 같은 서정산문 등에 담긴 중국인의 모습은 다양하지만, 향하는 지점은 단 하나 국민성 개조이다.

이와 같은 모색과 추구, 즉 현재의 삶을 개혁하기 위한 방편을 찾는 끊임없는 움직임이 루쉰의 문학을 특징짓는 핵심 요소이다. 움직임이 낳을 수밖에 없는 유동성은 루쉰의 삶이 처한 상황을 반증하며, 당시 중국의 혼란스러운 사회상을 반영한다. 모색과 추구의 과정에서 나타나는 루쉰의 고독과 불안감은 유동적인 현재 속에서 살아남기 위한 몸부림이며, 또 현재 속에서 자신의 위치를 설정하고, 삶에 대해 자기 입장을 취하고자 하는 노력의 위태로움과 어려움을 말해준다.

유동적이고 불안정한 현재를 살아가는 작가에게, 문학은 정도의 차이는 있을지라도 언제나 곡예사적 일면을 담고 있기 마련이다. 진실을 호도하는 언어행위에 맞서 진실을 전하는 언어가 처할 수밖에 없는 언어적 위기, 정치적 공포가 만연한 사회에서 양심적 지식인이 맞닥뜨려야 하는 생존의 위기 등은 루쉰의 생애 전반을 감싸고 있었다. 루쉰은 자신이 처한 위험을 분명히 인식하고 있었으며, 불안하고 위험한 자리를 회피하지도 않았다. 문학가니, 혁명가니, 사상가니 하는 긍정적인 명명을 통해 루쉰을 고정적인 틀에 묶어두려는 노력마저 풍자해가며 그는 불안하고 위험한 현재를 증언하고자 했다. 루쉰의 작품은 불안하고 위험한 현재에 처해 있는 자신과 그곳에서 자신의 고유성을 지키기 위한 처절한 몸부림의 표현이었다.

루쉰이 자신을 지키기 위해 선택한 무기는 문예이다. 그런데 문예라는 무기는 대포 한 방보다 위협적이지 못하다.

루쉰 역시 이를 잘 알고 있다. 그러나 국민성이라는 관념의 개조를 위해서는 문예만큼 효율적인 것도 없다. 루쉰의 모든 고민이 작품의 언어에 담길 수밖에 없는 이유이다.

작가는 언어를 통해 사유하고, 언어를 통해 사물의 형상을 빚어내는 존재이다. 작품에 쓰이는 언어 하나하나에 작가의 고민이 들어 있으며, 글쓰기에 임하는 작가의 성실함이 반영되어 있다. 적절한 언어를 찾는 것은 자신과 자신이 처한 시대의 빈곤을 표현하기 위한 작가의 당위이며, 작품에서 찾아지는 시적 아름다움이나 독자가 받는 감동은 그러한 노력의 결과물일 뿐이다.

이 과정에서 작가의 언어에는 자신과 함께 타인 역시 담기기 마련이다. 즉, 예술적 형상은 예술가 자신의 이미지인 동시에 끊임없이 독자의 이미지를 닮는 것이다. 아큐의 모습에서 루쉰을 보기도 하고, 중국인을 보기도 하며, 나아가 현재의 우리를 보게 되는 것은 바로 이런 연유 때문이다. 『아큐정전』을 비롯한 루쉰의 작품이 오늘날에도 끊임없이 회자되고, 중국의 지식인들이 사상적 빈곤에 처할 때마다 루쉰을 찾는 이유 역시 거기에서 자신과 자신이 처한 사회

의 빈곤을 발견하고 해결책을 찾을 수 있을 것이라는 희망
때문이다. 다시 말해 루쉰의 문학 언어가 담고 있는 진실성
이 끊임없이 그의 세계로 회귀하게 하는 힘인 것이다.

　루쉰 문학의 진실성은 그 어떤 허울의 간판도 내걸지 않
은 데 있으며, 현실을 구성하고 있는 죽음의 장벽과도 같은
허울 덩어리와 부딪혀나간 데 있다. 자신의 삶과 삶의 흔적
인 작품을 통해 허울의 잿더미 위에서 사라져간 루쉰, 허울
의 잿더미 위에서 사라지는 것을 기꺼워한 루쉰으로의 회
귀는 어쩌면 빈곤한 시대를 사는 우리에게 당연한 것인지
도 모른다. 『아큐정전』을 읽는 우리 역시 어쩌면 허울 덩어
리에 불과한 것을 중요한 가치로 여기며 살고 있지 않는지
점검해볼 필요가 있다. 『아큐정전』과 루쉰을 통해 우리가
중요하게 여기는 삶의 가치에 대해 의문점을 제기하게 된
다면 이 작은 책의 역할은 모두 이루어진 것이다.

Ⅱ.
루쉰, 신생新生을 꿈꾼 삶

　루쉰은 1881년에 저장성浙江省 사오싱紹興의 몰락한 사대부인 저우周 씨 집안의 장자로 태어났다. 어린 시절 이름은 장서우樟壽이며, 17세 되던 해에 수런樹人으로 개명했다. 밑으로 역시 유명한 문학가인 둘째 아우 쮜런作人, 생물학자인 셋째 젠런建人이 있다. 루쉰이라는 필명은 「광인일기」를 발표하면서 처음 사용했으며, 수많은 필명 가운데서도 가장 널리 알려져 있다.

　루쉰의 집안이 몰락하게 된 직접적인 계기는 할아버지의 과거시험 부정이었다. 당시 베이징의 청나라 정부에서 과거시험을 관장하던 할아버지가 시험부정에 연루되어 투옥

되면서 사오싱의 명문가였던 루쉰의 집안은 몰락의 길을 걷는다. 거기에 아버지의 잦은 병치레와 37세에 맞이한 이른 죽음은 어린 루쉰이 감당할 수 있는 것이 아니었다.

명망 있는 집안의 도련님에서 몰락한 집안의 장자라는 신분상의 추락은 루쉰에게 인정세태의 쓴맛을 보게 한다. 루쉰이 경험한 첫 번째 좌절이자, 세상에 대한 혹독한 시련이었다. 그가 어머니의 반대를 무릅쓰고 난징南京이라는 낯선 곳으로 나가 새로운 사람을 만나고, 신식 학문을 배우기로 한 직·간접적인 계기도 여기에서 비롯되었다.

1898년 난징으로 간 루쉰은 군사학교에 진학한 지 얼마 되지 않아 그만두고 다시 광산업 관련 학문을 공부한다. 이후 22세 때인 1902년 국비 유학 자격을 얻어 일본으로 건너간다. 루쉰의 일본 유학은 결코 순탄치만은 않았다. 약소국 출신의 유학생이 본국의 학생들에게 받는 멸시, 중국 유학생들 간의 알력, 집안의 장자로서 짊어져야 했던 책임감, 바람 앞에 놓인 촛불처럼 위태로운 중국의 운명 등 루쉰의 외우내환은 그칠 날이 없었다.

루쉰이 7년여에 걸친 힘든 유학생활을 견딜 수 있었던 힘은 오직 새로운 학문을 통해 조국과 민족의 위기를 극복하려는 열망 때문이었다. 식민지 조국의 현실을 통감하고 구제책을 찾아 현해탄을 건넜던 구한말 조선의 지식인들이 느꼈을 비애를 상상해보면, 루쉰과 같은 약소국의 지식인이 감당해야 했던 고통의 크기를 조금이나 공감할 수 있을 것이다.

일본유학시기부터 루쉰은 「문화편지론文化偏至論」, 「파악성론破惡聲論」, 「중국지질약론中國地質略論」 등과 같은 글을 발표한다. 이 글들에서 루쉰은 중국사회의 변혁을 촉구하는 한편으로, 변혁의 주체를 모색하고 있다. 의학을 그만두고 자신이 직접 문예를 통해 중국인의 정신을 개조하려고 한 루쉰은 도쿄에서 몇몇 친구들과 잡지 〈신생新生〉을 기획한다. 그러나 원고 모집과 출판 비용 등의 문제로 실패한다. 〈신생〉을 통한 '신생'의 꿈이 좌절되면서 루쉰은 이상과 현실 사이의 괴리를 절감한다. 슬라이드 사건을 통해 문예에 종사할 것을 결심한 후 루쉰이 겪은 두 번째 좌절이라고 할 수 있다.

집안의 몰락 이후 경험한 첫 번째 좌절이 루쉰에게 불가

항력적인 것이었다면, 이번 좌절은 성격이 다르다. 집안의 몰락이 루쉰에게 가져왔던 절망감은 새로운 곳에서, 새로운 사람을 만나, 새로운 삶을 모색하는 어쩌면 단순한 방편으로 해결할 수 있는 부분이었다. 그러나 자신의 궁극적인 꿈인 '신생'이 불가능하다면, 낯선 이국땅에서의 새로운 학문도, 새로운 사람과의 만남도 무의미하다. 그와 같은 루쉰의 좌절감은 첫 번째 소설인 「광인일기」가 발표되기까지 지속되었던 10여 년의 침묵이 증명해준다.

유학을 마치고 돌아온 1909년 이후 루쉰은 항저우杭州와 사오싱에서 교원생활을 하면서 외국소설을 번역하거나 중국고전을 연구한다. 탁본을 뜨거나 옛 문서를 베껴 쓰는 등 소일거리로 시간을 보낸다. 1911년 신해혁명이 발발하자 커다란 기대를 걸고 중화민국 임시정부의 교육부원으로 참가해 베이징으로 이주하지만, 혁명에 대한 실망과 위안스카이袁世凱 정부의 반동적 행위를 목격하고 현실사회와의 접촉을 최소화한다. 이 과정에서 중국사회와 중국인에 대한 루쉰의 절망은 더욱 내면 깊은 곳으로 가라앉는다.

루쉰이 본격적으로 중국사회의 개조를 목적으로 잡문 형

식의 글쓰기를 시도한 것은 1919년 5.4신문화운동 발발 전
후부터이다. 5.4신문화운동은 중국의 젊은 지식인들을 중
심으로 일어난 계몽운동이다. 일찍이 '계몽주의를 마음에
품었던' 루쉰에게 5.4신문화운동은 꿈의 현실화라고도 할
수 있었다. 그러나 루쉰이 아무런 거리낌 없이 5.4신문화운
동에 투신한 것은 아니었다.

가령 철로 밀폐된 방이 있다고 치세. 창문은 하나도 없고, 절
대로 부술 수도 없는 방일세. 그 속에는 많은 사람이 곤히 잠
들어 있어. 그러니 오래 지나지 않아 모두가 다 질식해 죽어
버릴 것일세. 그러나 그들은 혼수상태에서 그대로 죽음으로
옮겨가는 거니까 죽음의 슬픔은 느끼지 못할 거야. 그런데
자네가 지금 큰 소리를 쳐서, 다소 의식이 뚜렷한 몇 사람을
깨운다고 하면, 그들 불행한 사람들에게 도저히 구원의 길이
없는 임종의 고통을 맛보게 하는 것이 되네. 그래도 자네는
그들에게 못할 짓을 저지른 꼴이라고 생각되지 않는가?「「외

침」 자서」, 루쉰전집1권, 419쪽.

인용은 글쓰기를 권하는 친구 첸셴퉁錢玄同에 대한 루쉰의 물음이다. 여기에서 루쉰은 중국사회를 철로 밀폐된 방에, 중국인을 밀폐된 채 아무런 자각 없이 죽어가는 사람들로 비유한다. 루쉰은 철로 만들어진 방에 밀폐된 채 죽어가는 중국인을 깨우면 그들에게 더욱 고통스런 죽음을 경험하게 한다면서 그대로 두는 것이 좋다고 생각한다. 다시 말해 문학을 통한 계몽이 정당한가 하는 의문을 품은 것이다. 이에 대해 첸셴퉁은 "그러나 이미 눈뜬 사람이 몇이라도 있다면 그 철로 된 방을 부술 희망이 전혀 없다고는 할 수 없지 않은가?"라고 답한다. 이에 대해 명확한 답을 내릴 수 없었던 루쉰은 첸셴퉁의 권유에 따른다. 루쉰의 유명한 단편소설 「고향故鄕」에서도 이런 면모를 찾을 수 있다. "희망은 본래 있다고 할 수도 없고, 없다고 할 수도 없다. 그것은 지상의 길과 같다. 사실 지상에는 원래 길이 없었는데, 걸어 다니는 사람이 많아지자 길이 된 것이다"「루쉰소설전집」, 김시준 옮김, 서울대학교출판부, 1996, 95쪽.

10여 년의 침묵을 깨뜨리고 다시 현실사회로 나서려는 이유치고는 빈약하기 짝이 없지만, 이를 통해서 현실에 대한 루쉰의 인식을 알 수 있다. 완고한 전통과 거기에 순응하며 몇천 년을 살아온 중국인이라는 존재가 루쉰으로 하여금 그렇게 빈약한 이유를 들도록 한 것이다. 수천 년 동안 누적된 중국의 전통이 중국인에게 강요해온 삶의 방식은 한 번의 혁명이나 외침으로 변화될 수 없다. 혁명을 통해 일순간에 새로운 삶을 도모할 수 있다는 외침이나, 위대한 정신문명을 통해 중국의 위기를 극복할 수 있다는 주장 등은 공허할 뿐이다. 그럼에도 루쉰은 깨어 있는 몇 사람을 위해 자신의 미약한 힘을 보태려고 한다. 커다란 바위를 깨뜨리는 낙숫물처럼, 자신의 삶을 한 방울의 낙숫물로 삼으려고 한 것이다.

계몽을 마음에 품었지만 계몽의 유효성을 의심하는 루쉰의 태도는 어딘지 모르게 이율배반적이다. 그러나 이는 그만큼 중국문명의 성벽이 견고하게 자리 잡고 있음을 역설적으로 보여주는 대목이기도 하다. 그로 인해 루쉰의 문학행위는 외침과 방황 사이를 배회할 수밖에 없었다.

나는 일찍이 이렇게 말한 적이 있습니다. 중국은 역대로 사람을 잡아먹는 연회가 베풀어져 왔고, 거기에는 사람을 잡아먹는 이도 있고, 먹힘을 당하는 이도 있다. 먹힘을 당하는 이도 이미 사람을 잡아먹었고, 지금 사람을 잡아먹고 있는 이도 먹힘을 당하게 될 것이라고 말입니다. 하지만 나는 지금 나 자신도 연회를 베푸는 데 일조했었다는 사실을 발견했습니다. 선생, 당신은 나의 작품을 읽었으니, 내가 지금 질문 하나를 드리겠습니다. 읽고 난 뒤에 당신은 마비되었습니까 아니면 명석해졌습니까, 몽롱해졌습니까 아니면 활발해졌습니까? 만약 느낀 것이 후자라면, 그것은 내 생각이 절반 이상 증명된 것입니다. 중국의 연회석상에는 취하醉蝦라는 요리가 있습니다. 새우가 살아서 신선할수록 먹는 사람은 더욱 즐겁고 통쾌해합니다. 나는 바로 이 취하를 만드는 조수입니다. 튼실하지만 불행한 청년들의 머리를 명석하게 하고 그 감각을 예민하게 함으로써 그가 만일 재앙을 만났을 때 몇 배의 고통을 겪게 하고 동시에 그를 증오하는 사람들에게 보다 생생한 고통을 감상하면서 특별한 향락을 얻게끔 하였습니다「유형有恒 선생에게 답하며」, 루쉰전집3권, 454쪽.

인용은 글쓰기에 임하는 루쉰의 자세를 잘 보여준다. 루쉰은 연회가 베풀어지고 있는 마당을 쓸어엎기 위해 문예에 종사하기로 결심했다. 그래서 연회가 베풀어지는 마당을 쓸어엎는 것이 청년의 사명이라고 설파한다. 그런데 그런 노력이 혹시 지배자들의 향락을 배가시키고, 청년들의 고통을 가중시키는 행위는 아닐까 의심한다. 유사한 예로 「광인일기」의 광인을 들 수 있다. 광인은 전통적인 신분질서를 규정하는 예법禮法의 본질이 식인食人임을 간파하고 거기에서 벗어날 것을 주장한다. 그렇지만 자신도 틀림없이 누이의 고기를 먹었을 것이라고 말한다. 변혁을 주장하는 것 역시 사람을 잡아먹는 연회석의 여흥을 고취시키는 행위는 아닐까 의심하는 사유 양상을 찾을 수 있는 것이다.

「광인일기」 발표 이후 루쉰은 여러 가지 필명으로 문필 활동을 본격화하는데, 대다수가 봉건적 전통에 대한 반발과 새로운 문학 관념의 도입에 집중된다. 미명사未名社, 어사사語絲社 등의 문학단체를 만들어 문학을 통한 사회개혁과 중국인의 의식 개조를 도모하는 한편, 미래의 동량인 청년 문학자의 양성에도 심혈을 기울인다.

또한 이 무렵 베이징대학 등에서 강사로 재직하면서 강의한 내용을 『중국소설사략中國小說史略』이라는 책으로 묶어 내는데, 고대 중국의 신화, 전설에서 청나라 말까지의 중국소설사를 논하고 있다. 『중국소설사략』은 중국 최초의 소설사로 꼽히며, 오늘날까지도 가치를 인정받는 학술 저서이다. 1921년 루쉰은 자신의 대표작이자 중국문학사상의 걸작으로 평가받는 『아큐정전』을 발표하여 중국 농촌의 실상과 신해혁명의 이율배반적인 면모를 담아낸다. 이후 1926년 8월까지 계속된 베이징에서의 삶은 강의와 작품 창작, 시사평론에 가까운 잡문쓰기를 통해 중국의 제반 사회현상을 담아내는 데 집중된다.

1926년 8월, 루쉰은 군벌정부에 의한 학생 시위 사살 사건을 계기로 베이징을 떠나 중국 남부에 있는 샤먼廈門의 샤먼대학 교수로 부임한다. 그해 11월 11편의 단편소설을 묶은 두 번째 소설집 『방황彷徨』이 출판된다. 샤먼에서의 생활은 정치적 위험은 크지 않았지만, 지루한 일상의 연속이었다. 1927년 1월 약 반년간의 샤먼 생활을 마치고 루쉰은 다시 광저우에 있는 중산中山대학 교수로 부임한다.

그해 4월 장제스蔣介石가 상하이에서 반공 쿠데타를 일으켜 난징에 국민정부를 수립한다. 광저우에서 시작된 북벌전쟁은 중국사회를 개조하고자 문예에 종사하기로 결심했던 루쉰에게 커다란 희망이었다. 그러나 장제스에 의해 제1차 국공합작이 깨지고, 국민당에 의한 공포정치가 확산되면서 루쉰은 실의에 빠진다. 더구나 중국혁명의 성지인 광저우에서 일상적으로 부딪히는 지식인, 소위 대학교수들의 면모는 루쉰을 더욱 실망시킨다.

　점수가 많다느니 적다느니 하는 토론, 합격 여부에 대한 토론, 교원에게 사심이 있었는지에 대한 토론, 혁명청년은 제대로 우대해 주어야 하는데 우대의 정도를 두고 여기선 그만하면 됐다 저기선 그것으론 안 된다는 토론, 낙제생의 구제에 대해 논하면서, 이쪽은 자기에게 그럴 권한이 없다 하고 저쪽은 이쪽에 있다 하고 이쪽은 방법이 없다 하고 저쪽은 방법이 있다는 토론, 시험문제의 난이도에 관해 이쪽은 어렵지 않다 하고 저쪽은 너무 어렵다는 토론, 또 친척이 타이완에 있기 때문에 본인도 타이완 사람인 셈이니 '피압박 민족'

우대 특권을 취득할 수 있네 없네 하는 토론, 그 밖에 인간은 본시 이름이 없는 고로 남의 이름을 도용하는 것이 무슨 문제가 되겠느냐는 현학적인 토론. ⋯ 이렇게 하루 또 하루가 흘러간다「종루에서-밤의 기록2」, 루쉰전집4권, 34쪽.

　중국사회와 중국인이 처한 현실에 비해 공허하기 짝이 없는 토론을 일삼는 광저우의 지식인은 루쉰의 무료함을 더할 뿐이다. 겉으로 그들은 공정과 정의, 사회적 양심과 같은 사회를 지탱하는 긍정적 개념의 중추로 보이지만, 내적으로는 현실의 고통을 감내할 의지도 없으며, 자신들의 위선을 감추는 데 혈안이 되어 있다. 개인의 안위만 돌볼 뿐, 사회문제를 정시하고 비판할 용기도 없다. 이 시기에 쓴 루쉰의 글 대다수는 그런 지식인의 위선을 폭로하고 있다.

　1927년 루쉰은 광저우를 떠나 10월에 상하이에 도착하여 쉬광핑許廣平과 동거를 시작한다. 평생의 반려자이자 동지이기도 한 쉬광핑과의 동거는 루쉰에게 정신적으로나 물질적으로 안정을 가져다준다. 루쉰과 쉬광핑의 연애 과정은 33년 4월에 출판된 『양지서兩地書』에 잘 나타나 있는데, 사제지

간으로 시작해서 점차 동지적 관계, 그리고 연인관계로 발전해가는 모습을 볼 수 있다.

두 사람의 동거는 어머니에 의해 봉건적 방식으로 맺어진 주안朱安과의 결혼을 파기하지 않은 상태에서 이루어졌다. 루쉰은 일본 유학 중이던 1906년, 어머니의 강요로 잠시 귀국하여 주안과 결혼했다. 아무런 사랑의 감정도 품지 않았던 주안과의 결혼을 파기하지 않은 것은 순전히 루쉰의 효성 때문이었다. 루쉰은 이를 자신의 실존적 상황과 결부하여 봉건적 전통의 영향과 근대적 자유연애 사이의 모순이라고 말하면서, 자신과 같은 사람들의 희생을 통해 근대적 자유연애가 중국사회에 뿌리내리기를 희망했다.

이후 루쉰은 1936년 10월 19일 지병인 폐병으로 사망하기까지 상하이에서 아내 쉬광핑, 1929년에 태어난 아들 하이잉海嬰과 함께 생활한다. 상하이에서의 생활도 녹록하지만은 않았다. 물론 각종 잡지사에 투고한 원고료로 물질적으로는 넉넉한 편이었지만, 상하이의 정세는 매우 혼란스러웠다. 당시 상하이는 영국, 미국, 프랑스 등의 조계지租界地, 외국이 행정권·경찰권을 행사한 외국인 거주지가 있어 동방의 베니스라

불릴 정도로 물질적으로 풍요로웠다. 또 조계지의 상대적 독립성 때문에 중국 전역에서 혼란을 피해 수많은 사람이 상하이로 몰려들었다. 그러나 자유로운 만큼 국민당 특무에 의한 보이지 않는 감시와 테러 공포도 심각했다.

상하이 체류 시기 루쉰의 글쓰기는 잡문雜文이라고 하는 시사적이고 정치 평론적인 성격이 짙은 글에 집중되었다. 물론 서정 산문집 『아침꽃을 저녁에 줍다』(1928년 9월)를 출판하고, 루나차르스키와 플레하노프 등의 예술론을 번역하기도 했지만, 소설은 그가 죽은 해 1월에 출판된 세 번째 창작집 『새로 엮은 옛이야기』가 전부였다.

베이징, 샤먼, 광저우에서의 생활이 그랬던 것처럼, 상하이에서의 삶 역시 긴장의 연속이었으며, 그의 논적論敵은 도처에 널려 있었다. 타협을 몰랐던 루쉰은 국민당 정부의 요주의 인물이었으며, 국민당이 고용한 특무에 의해 살해 위협을 받기도 했다. 그 자신이 몸담고 있던 문단의 시선도 따가웠다.

당시 좌익문예를 대표했던 혁명문학파는 루쉰을 프티부르주아 문학가라며 공격했다. 또 우익 문학가들은 루쉰의 잡문을 문학이 아닌 욕지거리에 불과한 것이라고 했다. 이런 상황에서 루쉰은 생존을 도모하는 한편으로, 중국사회의 변혁을 위해서도 의견을 개진해야 했다. 좌익 문학가와 우익 문학가의 관념성을 비판하는 한편으로, 국민당 당국의 정치적 오판과 중국인의 봉건적 습속을 드러냈다. 더불어 현실변혁에 대한 사고를 심화시키고, 현실적 유용성을 확보하기 위해 외국의 새로운 사상을 흡수했다. 루나차르스키와 플레하노프 등의 예술론 번역을 통해 마르크스주의 사상을 수용한 것도 이의 일환이었다. 중국사회의 변혁을 위한 자양분을 찾기 위해 외국의 사상과 문화를 치밀하고 정확하게 번역하여 소개했던 것이다.

이와 같은 새로운 모색이 지속적으로 가능했던 것은 중국사회를 변혁하기 위한 간절함 때문이었다. 그의 문학은 현실에 대한 투철한 인식과 중국인에 대한 절절한 관심으로 가득하다. 여기에서 비롯된 그의 문학 사상은 반半봉건·반半식민지적 현실을 회피하거나 유럽식 근대를 추수하는 입장과는 다르다. 루쉰은 중국의 전통을 비판적으로 해석하는 한편으로, 전통에 활력을 불어넣을 새로운 자양

분을 외부에서 찾았다. 급진적 지식인들은 서구 현대사상을 통해 중국의 변혁을 도모했으며, 국수주의자들은 중국의 전통에서 활로를 모색했다. 이른바 전반서화론全般西化論이니 중체서용론中體西用論과 같은 개혁 모델을 따른 것이다.

루쉰의 개혁 모델은 근대화나 전통의 부활을 통한 변혁과는 거리가 있다. "루쉰의 창작은 근대적 자아라는 밝은 빛보다는 오히려 '암흑과 허무'를 통하여, 자신 속의 어둠을 통하여, 중국의 인생을 말하고자 한 것이라 할 수 있다" 히야마 히사오, 「동양적 근대의 창출」, 56쪽. 루쉰의 작품 대다수는 우울한 빛을 띤다. 봉건적 습속으로 가득한 중국과 반식민지적 현실이라는 객관적 인식을 통해 변혁을 도모하기 때문이다. 이는 루쉰이 중국사회와 중국인을 바라보는 기본 관점이며, 신생新生을 도모하는 출발점이기도 하다. 급진주의자들이 주장하는 장밋빛 전망이나 국수주의자들이 주장하는 복고의 환상은 당시 중국의 현실에는 맞지도 않으며, 현실적으로 불가능하다는 것이 루쉰의 판단이었다. 루쉰은 현재에 살면서 영광스러웠던 과거로 돌아갈 수는 없으며, 현재의 어둠을 깨뜨리지 않고서는 장밋빛 미래도 불가능하다고 말한다. 루쉰에게 중요한 건 어둡고 유동적인 현재의 중국이었다.

  루쉰의 삶이 불안하기 짝이 없는 모습으로 나타나는 것은 바로 현재라는 시간의 모호함과 유동성 때문이다. 루쉰이 도모했던 신생은 바로 그런 현재를 적극적으로 껴안고, 현재의 부정적 현상을 제거함으로써만 가능하다. 루쉰의 삶이 바로 그런 면모를 보여준다. 집안의 몰락 과정에서 경험한 세상인심의 야박함, 새로운 학문과 사람을 찾아 떠난 난징과 일본에서의 생활을 속박했던 전통과 관습, 귀국 후 「광인일기」 발표까지 계속되었던 10여 년의 침묵, 침묵을 깨뜨리고 현실을 향해 의견을 개진했을 때 맞닥뜨렸던 적막과 냉대, 항저우·베이징·샤먼·광저우·상하이로 이어지는 유랑자의 삶 자체가 유동적이고 예측 불가능한 현재의 면모를 말해준다.

  간단히 말해 루쉰의 삶은 노마드nomad적이었다. 노마드는 어느 곳에서도 정주처를 찾을 수 없는 당시 중국의 사회상을 암시하는 단어이자, 루쉰이 선택한 삶의 양상이기도 하다. 루쉰이 선택한 노마드적 삶은 생존을 위한 수단이었으며, 영원히 완결 지을 수 없는 삶의 형식이다. 살기 위해서는 완결되지 않아야 하며, 지속적으로 자신을 외부 세계를 향해 열어두어야 하는 삶의 방식이 바로 노마드적 삶인 것이다. 어떤 경우에도, 삶의 매 순간마다, 자신이 품은 가치가 아직 구현되지 않은 것으로 보면서, 자신의 현존재에 대해 불만을 품고 끊임없이 갱생을 도모하는 삶의 방식이 바로 루쉰이 선택한 삶이었다.

루쉰의 삶은 생전이나 사후 모두 드라마틱했다. 생전에 그는 프티부르주아·봉건 찌꺼기·파시스트와 같은 부정적인 평가와 함께 학자·문인·정인군자正人君子·비평계의 권위자라는 긍정적인 평가를 받았다. 사후 그의 관 위에는 '민족혼'이라는 거창한 휘장이 둘러졌으며, 1940년대 마오쩌둥은 그를 문학가이자 혁명가이며 사상가로 치켜세웠다. 생전의 삶이 논쟁 그 자체였다면, 사후의 삶은 모든 논쟁을 소멸시켰다. 생전의 삶이 극단의 대립적 평가 가운데 위태롭게 유지되었다면, 사후의 삶은 루쉰 자신이 극력 거부했던 우상화의 길로 나아갔다.

예언자, 즉 선각자는 늘 고국故國에서는 받아들여지지 않으며, 동시대 사람들로부터 박해를 받는다. 큰 인물도 늘 그러하다. 그가 사람들로부터 공경과 찬양을 받으려면, 반드시 죽어 없어지거나, 침묵을 지키거나, 눈앞에 보이지 않아야 한다 「꽃 없는 장미」, 루쉰전집3권, 256쪽.

어쩌면 루쉰은 생전의 삶과 사후의 삶이 처한 운명을 예측했는지도 모른다. 루쉰은 과거, 현재, 미래로 삼분되는 근대적 시간관 가운데, 현재를 가장 중시했다. 그러나 인용은 과거와 현재에 대한 객관적 통찰을 통해 자신의 미래를 예시하고 있는 듯하다. 루쉰 사후, 중국에서 수용된 루쉰의 모습을 보면 쉽게 알 수 있다.

생전의 굴곡진 삶은 사후에도 계속되었다. 현재의 중국에서 루쉰은 이전과 같은 호응을 얻지 못하고 있다. 중국사회와 중국인에 대한 비판이 지나치게 가혹했다는 평가를 받으면서 루쉰의 일부 작품이 교과서에서 빠지는 경우도 발생했다. 애국주의와 국가주의에 훈도된 중국 젊은이 일부는 루쉰을 배척하는 경향마저 보이고 있다.

생전의 삶에 대한 극단적이며 모순적인 평가와 사후의 삶에 대한 우상화, 우상화에 대한 반발을 이끌어낸 사람은 루쉰 한 사람뿐이다. 이렇게 루쉰을 바라보는 시선이 각자의 현재적 위치와 관념에 따라 달라지는 것은 어쩔 수 없는 일이다. 우리 모두가 각자의 위치에서, 자신의 구미에 맞게 동일한 인물을 바라보기 때문이다. 문제는 그런 우리의 시각과 관념을 루쉰과 그의 문학을 통해 점검해보는 것이다. 이의 수단으로 루쉰의 대표작인 『아큐정전』을 살펴볼 필요가 있다.

III.

『아큐정전』의 형식적·내용적 특징

　단도직입적으로 『아큐정전』은 재미없다. 중국인과 중국
사회에 대한 이해가 깊지 않은 독자가 재미삼아 『아큐정
전』을 집어든다면 얼마 되지 않아 내려놓을 가능성이 크
다. 어디까지나 우리에게 익숙한 중국 작품은 『삼국지』나
『수호전』 같은 영웅담이나 컴퓨터 게임을 연상시키는 무협
지이다. 그럼에도 오늘날까지 『아큐정전』이 읽히고, 루쉰
이 중국현대문학의 아버지로 불리는 이유는 간단하다. 『아
큐정전』을 비롯한 루쉰의 작품이 20세기 초 중국과 중국사
회를 문제적으로 다루기 때문이다. 문제적으로 다루었다
는 것에 지나친 부담을 느낄 필요는 없다. 중편에 불과한

『아큐정전』이 여느 장편소설을 능가할 만큼 다양한 문제를 건드리고 있다는 것이며, 그것들 하나하나가 현재까지도 다양한 반향을 일으키고 있다는 것뿐이다. 다시 말해 20세기 초의 중국, 나아가 현재의 중국에 관심 있는 독자라면 한 번쯤 『아큐정전』을 읽어볼 필요가 있다는 것이다.

『아큐정전』의 배경은 시간적으로는 1911년에 발생했던 신해혁명辛亥革命이며, 공간적으로는 중국 문명의 근원인 농촌이다. 작품의 언어는 백화白話인데, 백화는 하층민의 말이라 하여 당시에는 멸시를 받았다. 그런데 시간이 흘러 널리 사용되면서 현대 중국에서는 백화를 우리의 표준어 격인 푸퉁화普通話의 모체로 삼고 있다. 루쉰이 유명해진 또 다른 계기는 현대 중국 최초의 백화소설로 평가받는「광인일기」의 작가이기 때문이기도 하다.

백화가 작품 창작의 언어로 제시된 것은 청말淸末의 계몽운동과 이어 나타난 신문학운동 등을 통해서였다. 이후 1919년에 발생한 5.4신문화운동 시기에 이르러 백화문학운동은 전국적인 규모로 발전하였으며, 본격적으로 작품의 언어로 사용되었다. 백화문학운동이 전개된 원인은 다양하겠지만, 우리나라에서 일제시기에 제기되었던 언문일치 운동과 연계하여 해석할 수도 있다. 즉, 근대의 위기를 극복하기 위한 국민계몽과 교육의 편의성이 최우선적으로 고려된 결과인 것이다. 국민 대다수가 비교적 쉽게 이해할 수 있는 통속적이며 사회적인 문학을 주창한 지식인들에 의해 백화문학운동이 전개되었다.

내용과는 상관없이 『아큐정전』의 흥미를 반감시키는 요소로 형식적 특징인 장회체章回體를 들 수 있다. 장회체는 텔레비전 연속극을 떠올려보면 쉽게 이해할 수 있다. 텔레비전 드라마는 매 회 극의 긴장감을 조성하는 한편으로, 다음 회 극의 전개를 암시하는 것으로 끝맺는다. 『아큐정전』 역시 그러한 형식을 취하고 있다. 『아큐정전』이 장회체 형식으로 창작된 원인은 여러 가지가 있겠지만 우선적으로 근대 시기 국민계몽과 국민교육의 주요 매체였던 신문연재와 관련된다.

다음으로 명청明淸 시기 소설의 형식적 특징과도 연계된다. 중국을 대표하는 소설작품인 『서유기』, 『금병매』, 『수호전』, 『홍루몽』 등이 모두 장회체를 형식적 특징으로 하고 있다.

이를 종합하면, 신문 매체의 상업성과 연계하여 다음 이야기에 대한 독자의 관심을 이끌어내기 위한 방법이라고 할 수 있다. 여기에 독자에게 익숙한 형식을 제공함으로써 가독성을 끌어올리기 위한 전략도 더해졌을 것이다. 장회체가 중국소설을 대표하는 형식으로 자리 잡게 된 원인은 다양하겠지만, 우선적으로 설서說書의 전통을 들 수 있다.

설서는 글자 그대로 책을 읽어주는 것을 말한다. 한마디로 이야기꾼이 많은 사람을 앞에 두고 하는 이야기가 설서이다. 사람들의 흥미를 끌기 위해 이야기꾼은 점진적으로 극적 긴장감을 높여 나가거나, 대중의 관심이 최고조에 이르렀을 때 돌연 이야기를 중단하여 다음 이야기를 기다리게 하는 등의 재주가 있어야 했다. 흥미진진하게 진행하다가 갑자기 결론은 다음에 하는 식의 이야기 전개를 몇 차례, 혹은 수십 차례 할 수 있어야 뛰어난 이야기꾼이 될 수 있었으며, 이를 통해 약간의 벌이도 가능했다. 이런 설서의 전통에 가장 적합한 소설형식이 바로 장회체이다.

흥미로운 점은 현대 중국 최초의 백화소설이라는 평가를 받는 「광인일기」의 작가 루쉰이 바로 전통적 형식을 채용하고 있는 부분이다. 루쉰은 젊은이들에게 중국의 책이라면 어떤 것이든 볼 가치가 없다고 설파할 정도로 전통에 부정적이었다. 그의 모든 문학 작품이 전통의 부정이라고 할 수 있을 정도로 형식적인 면에서나, 내용적인 면에서 새로운 것을 추구함으로써 중국인의 각성과 중국의 변화를 갈구했다. 그런 그가 훗날 자신의 대표작이 될 『아큐정전』에 장회체라는 전통적 형식을 채용한 것은 아무래도 납득하기 어렵다. 그 직접적 원인은 규명하기 힘들겠지만 유추는 가능하다. 그것은 바로 신문연재와 뜻의 전달을 가장 중시하는 루쉰의 글쓰기 태도에서 찾아볼 수 있다.

당시 신문은 잡지와 더불어 진보적 지식인이 계몽을 설파하는 최고의 전달 매체였다. 서양과 일본 등 강대국에서 유학을 마치고 돌아온 지식인들은 신문과 잡지 등의 인쇄물을 통해 새로운 사조를 소개하고, 중국이 처한 위기 상황을 전달함으로써 사회적 혼란을 타개하고자 했다. 루쉰 역시 일본 유학시기에 〈신생〉이라는 잡지를 발행하려고 했으며, 『아큐정전』이 발표된 1921년 무렵에도 다양한 잡지에 자신의 견해를 발표했다. 이와 같은 당시의 사정을 감안

하면 루쉰이 『아큐정전』의 형식을 장회체로 설정한 원인을 유추해볼 수 있다.

여기에 뜻의 전달을 중시하는 루쉰의 글쓰기 태도를 더해보면 『아큐정전』의 형식이 갖는 묘미를 간파할 수 있다. 루쉰은 분명 새로운 문화운동의 선구자였으며, 문예활동의 목적을 국민성 개조에 두었다. 그러나 자신의 견해를 효과적으로 전달하고, 무지몽매한 국민을 계도하기 위해서는 그들에게 익숙한 형식의 채용까지 꺼리지 않았다. 루쉰 자신이 백화문白話文의 주창자이자 심지어는 한자의 로마자화를 강조하면서도, 뜻의 전달에 효과적인 것으로 판단되면 고문古文의 사용도 서슴지 않았다.

나는 글을 쓰면서 주절거림은 극구 피했으며, 뜻만 전달되기에 충분하면 아무런 군더더기도 붙이지 않았다. 중국의 과거 극劇에는 배경이 없으며, 새해에 아이들이 보라고 파는 연화年畵에도 주요 인물이 몇 사람 있을 뿐이다(그런데 현재의 年畵에는 대체적으로 배경이 생겼다). 나의 목적에 이 방법이 적절한 것이라고 믿어 나는 경치를 묘사하지 않았으며, 대화 역시 크게 늘어놓지 않았다 「나는 왜 소설을 쓰기 시작했는가?」, 루쉰전집4권, 512쪽.

소설을 비롯한 루쉰의 대다수 작품에서 중요한 것은 뜻의 전달이다. 군더더기가 붙은 언어는 뜻을 전달하는 데 방해만 될 뿐이며, 끝없이 이어지는 주절거림은 언어의 뜻 자체를 모호하게 만들 뿐이다. 루쉰의 언어는 군더더기가 붙지 않은 언어, 주절거림이 배제된 언어, 심지어 풍경의 묘사마저 배제된 언어, 주요 인물 몇 사람에 대한 묘사만 있으면 되는 언어이다. 언어의 경제성과 정확성이 루쉰의 글쓰기가 추구하는 것이라고 할 수 있다.

수사학적인 면에서 『아큐정전』의 특징은 풍자적이다. 풍자는 '무엇에 빗대어 재치 있게 경계하거나 비판'하는 행위, 혹은 '모든 장르에 나타날 수 있는 특유한 태도 또는 어조'를 가리킨다. 인간의 언술 행위가 이루어지는 곳이라면 언제든 발생하기 마련인 모순과 부조리를 깨우치기 위해 빗대기도 하고 과장도 하는 것이 풍자이다. 장르를 불문하고 나타날 수 있는 특유한 태도나 어조이기 때문에 모든 예술적 행위에는 풍자가 깃들기 마련이다. 그래서 로마의 시인

유베날Juvenal은 "풍자를 하지 않기는 어렵다"게오르그 루카치 지음,
김혜원 편역, 「루카치 문학이론」, 세계, 1990, 52쪽고 말했다.

홍미로운 점은 루쉰이 말하는 풍자와 사실의 관계이다.
루쉰은 "풍자가 기록하는 것은 공공연하고, 흔히 볼 수 있
는 일로, 평소에는 누구도 기이하게 여기지 않아 아무도 개
의치 않는 일"「풍자란 무엇인가 – 문학사의 물음에 답하며」, 루쉰전집6권, 328쪽이라
고 말한다. 다시 말해, 루쉰의 관점에서 풍자는 곧 사실의
기록이다. 소설은 사실을 허구화시키거나, 현실에서 있을
법한 내용을 다루는 문학 장르이다. 있을 법하거나 사실의
허구화를 통해 인간의 어리석음을 재치 있게 깨우치는 것
이 소설이다. 아큐는 현실의 구체적인 인간일 수도 있으며,
루쉰에 의해 허구화된 인물일 수도 있다. 그런 아큐에게서
인간 삶의 단면을 찾아내는 것은 너무나 쉽다. 『아큐정전』
은 현실세계를 구성하고 있는 인간 삶에 대한 풍자이지만,
풍자에 대한 루쉰의 견해를 적용해보면 사실의 기록이다.

풍자의 주요한 기능은 독자로 하여금 웃음에 연이어 연
민을 품게 함으로써 자신과 인간 사회를 돌이켜보게 하는
것이다. 작품에 해학적인 요소가 포함되어 있지 않다면, 그

것은 공포스럽거나 허풍에 그칠 뿐이다. 아큐의 희극적 삶을 보며 웃음을 머금지 않을 독자는 없을 것이다. 그러나 그 웃음 뒤로 전해지는 깊은 울림은 독자의 사고를 정화시켜 인간에 대한 사고를 유발시킨다. 풍자는 독자로 하여금 영혼의 떨림을 경험하게 한다.

루쉰의 풍자가 독특한 것은 가장 흔한 풍자의 태도인 도덕적 우월성을 찾아볼 수 없다는 점이다. 또 현실의 독자가 풍자의 대상에서 제외된다는 착각에 사로잡혀 풍자가와 더불어 자기 자신이 소속된 공동체를 비웃는 그런 역설도 보이지 않는다. 루쉰의 작품은 풍자하는 자신과 풍자된 대상, 이를 읽는 독자마저 자신의 글 안에서 슬픔과 연민을 공유하도록 만든다. 이렇게 루쉰의 풍자는 작가, 풍자된 대상(즉, 작중인물), 독자라는 삼각관계의 수평화를 추구한다. 수직적인 관계를 뒤집어 인식의 주체와 대상, 사물과 언어 관계의 균형을 회복하는 것이다. 그러나 대다수 독자는 루쉰의 풍자를 불편해한다.

『아큐정전』의 예술적 가치는 수사학적 장치인 풍자를 통해 주체와 대상, 독자라는 삼각관계의 윤리적이고 미학적인 객관화를 만들어내는 점이다. 작가, 주인공, 독자 가운데 도덕적으로 우월한 사람은 있을 수 없으며, 삼자는 서로에 대한 객관적 시선을 확보하기 위해 끊임없이 대화를 진행할 수밖에 없다. 그 과정에서 주인공이 독자가 되기도 하며, 독자가 주인공이 되기도 한다. 독자가 작가의 위치에서 주인공을 바라보기도 하고, 또 작가가 독자의 위치에서 주인공을 구상하기도 한다.

이렇게 하여 아큐는 주어진 장소와 시간 속의 필연적 인물이 될 뿐 아니라, 그것을 뛰어넘는 메시지를 전달하게 된다. 아큐를 통해 신해혁명과 중국 농촌이라는 시간적·공간적 배경은 역사적 세계의 작은 장소가 될 뿐 아니라, 현재의 사람들이 살고 있는 삶의 무대가 되기도 한다. 다시 말해 『아큐정전』이 빚어낸 창조적 과거는 현재와 미래의 삶을 되비추는 역사적 삶의 장소가 되는 것이다.

익히 알려져 있듯, 『아큐정전』의 주제는 고용농 아큐의 희극적 삶과 비극적 죽음을 가져온 정신승리법 비판이다. 여기에는 중국문화와 중국인에 대한 루쉰의 고유한 인식이 뒷받침되어 있다. 그것은 스스로를 높이고 과장하는 자고

자대自高自大의 전통이다. 루쉰이 정신승리법을 통해 비판하는 궁극적인 대상은 바로 자고자대의 전통과 그것을 떠받치고 있는 중국인의 관념이다.

그래서 정신승리법은 아큐나 중국문화, 중국인에게만 한정되지 않고, 끊임없이 확장된다. 우리 같은 평범한 서민의 삶을 유지하는 데도 정신승리법은 필수적일지 모른다. 경쟁에서 도태되거나 설정한 목표를 달성하지 못한 사람이 삶을 지속하기 위해서는 자기 위안의 차원에서 정신승리법이 필요하다. 승리를 위한 준비는 전혀 하지 않으면서 언젠가는 승리할 거야!라는 자기 위안이나 자기만족 역시 정신승리법이지 않은가! 경쟁에서 승리하거나 목표를 달성한 사람 역시 허무감이 가져올 수도 있는 정신적 위기를 극복하기 위해 정신승리법이 필요할지도 모른다. 어쩌면 세상과 대면하고 있는 우리 모두는 일정 정도 정신승리법을 방패막이 삼아 고단한 삶을 지탱하는지도 모른다. 누구든 자기에게 유리하도록 생각하거나 행동하기 마련이라는 점을 상기해보자.

우리 대다수가 자신에게 유리하도록 사고하고 행동하기

마련이라면, 정신승리법 문제는 다른 관점에서 접근하여야 한다. 루쉰이 비판하는 아큐의 정신승리법은 자신의 능력에 대한 과장과 과신이다. 루쉰의 비판은 자신의 능력에 대한 철저한 분석 없이 무턱대고 이루어지는 정신승리법이 자신을 파국으로 이끌 수도 있다는 점에 대한 경고이다. 자기 점검과 철저한 분석이 선행되지 않은 정신승리법은 개인은 물론이고 사회 전체를 위기에 빠뜨릴 수도 있다는 메시지를 던지고 있는 것이다. 그래서 현재적 관점에서 정신승리법은 상대방을 고려하지 않는 독단적 행동이나 자신의 능력을 과대평가함으로써 마주칠 수도 있는 불미스러운 사태에 대한 경고로도 해석될 수 있다. 『아큐정전』의 현재적 읽기가 갖는 가치는 분명 이러한 데 있을 것이다.

이상과 같은 점이 『아큐정전』의 형식적·내용적 특징이자, 현재적 읽기의 필요성이라고 할 수 있다. 본격적인 논의를 진행하기에 앞서 개별 장의 내용을 간단히 살펴보자.

1장은 '서序'라는 제목을 달고 있으며, 서론에 해당한다. 여기에서는 작가 자신의 목소리로 아큐의 전기를 기술하는 어려움을 밝히고 있다. 전傳이라는 중국의 전통적 글쓰기 형식이라면 내력과 이름 등을 반드시 갖추어야 하는데, 아큐의 경우는 그 어느 것도 명확하지 않다고 말한다. 이를 통해 아큐의 정체성이 불분명함을 설명한다. 분명하지 않는 정체성은 아큐 삶의 노마드적 성격, 즉 떠돌이의 삶을 말해주기도 한다.

2장의 제목은 '승리의 기록'이다. 2장에서는 웨이쭹未庄 마을에서 날품팔이로 연명하는 아큐의 생활과 주변 사람들의 평판이나 대우, 다른 사람들과의 관계 등이 그려진다. 건달들에게 맞으면서도 정신승리법으로 사태에 진지하게 대처하지 못하는 아큐의 모습이 묘사된다.

3장의 제목은 '속續 승리의 기록'이다. 여기에서는 아큐가 자오 나리 집과 관계 있는 듯이 이야기하여 쫓겨난 사건과 비구니를 희롱하는 등의 이야기가 전개된다.

4장은 '연애의 비극'이라는 제목을 달고 있다. 4장에서는 자오 나리 집 하녀에게 동침을 요구했다가 얻어맞고 벌금을 무는 이야기가 전개된다. 더불어 여성에 대한 아큐의 인식을 통해 중국의 전통적 여성관에 대한 비판이 이루어진다.

5장의 제목은 '생계문제'이며, 여기에서는 하녀와의 사건 이후 일거리를 잃은 아큐가 생계문제에 봉착하는 모습을 담아낸다. 암자에서 키우는 무를 훔쳐 먹어가며 생명을 부지해보려 하지만 어렵다고 생각하여 읍내로 나갈 결심을 하는 아큐의 모습이 그려진다.

6장의 제목은 '중흥에서 말로까지'이다. 6장에서는 읍내에서 돈을 벌어 그럴싸한 모습으로 웨이좡에 돌아온 아큐에 대한 마을 주민들의 관심과 돈을 벌게 된 사연이 폭로되어 도적이라는 지탄을 받는 모습이 그려진다.

7장은 '혁명'이라는 제목을 달고 있다. 7장에서는 신해혁명이 일어나 혁명당이 입성하자 공연히 우쭐거리는 아큐의 모습이 그려진다.

8장의 제목은 '혁명금지'이다. 8장은 혁명 이후에도 큰 변화가 없는 웨이좡 마을을 보여주는 가운데 자오 나리 집이 폭도에게 약탈당하는 이야기를 담고 있다.

9장은 '대단원'이라는 제목을 달고 있다. 아큐가 폭도의 한 사람으로 오인되어 사형당하는 이야기이다. 대단원大團圓이라는 글자 자체가 암시하듯, 그리고 중국의 대다수 고전

소설 작품이 그렇듯, 모든 사건이 원만하게 해결되어야 하는데 『아큐정전』의 결말은 비극적이다. 『아큐정전』은 중국인에게 익숙한 형식을 채용하고 있지만, 비극적으로 끝냄으로써 해피엔딩에 익숙한 중국 독자를 불편하게 만든다.

이상과 같은 개략적인 내용 이해를 바탕으로 『아큐정전』에 대한 심층적인 읽기를 시도해보자.

1. 아큐를 빚어내기까지

루쉰은 「『아큐정전』의 유래」라는 글에서 자신의 글은 용솟는 것이 아니라 쥐어짜낸 것이라고 말한다. 이는 작품 구상, 인물 설정, 스토리 전개 등을 놓고 오랜 시간 고민했음을 말해준다. 그의 작품 가운데 장편은 없고, 중편은 『아큐정전』 1편, 나머지는 모두 단편이라는 점에서도 창작에 공을 들이는 루쉰의 태도를 알 수 있다. 『아큐정전』의 주인공인 아큐를 만들어내는 과정 역시 인내의 시간이 필요했다.

아큐를 빚어내기 위해 루쉰은 자신이 잘 알고 있다고 생각한, 국민성을 바꾸기로 결심한 중국인 하나하나를 꼼꼼하게 관찰한다. 그들의 위선적인 몸짓, 변덕스럽게 나타나는 다양한 표정, 몸에 난 부스럼 하나, 돌발적인 행동들까지도 놓칠 수 없는 요소이다. 주인공의 형상은 견고하면서도 전체를 대표하는 어떤 필연성을 가져야 하기 때문에 사소한 것 하나라도 소홀히 다뤄서는 안 된다.

견고하고도 명확한 주인공의 형상을 찾기 위해 오랫동안 고심하는 루쉰의 싸움은 자기 자신과의 싸움이다. 자신이 관찰한 결과의 객관성을 하나하나 체크한 후 적절한 어휘를 선택하여 독자에게 전달하기 위한 싸움은 자기 혼자서 자신과 벌여야 하는 고독한 싸움이기 때문이다. 주인공의 형상을 빚어내기 위한 루쉰의 싸움은 두 가지 형식을 취한다. 먼저 아큐라는 주인공을 만들어내고 있는 공동체와의 싸움, 다음으로 인식의 객관성과 정확성을 보여주는 표현을 찾아야 하는 작가 자신과의 싸움이다. 공동체에 대한 객관적 인식과 인식의 적절성을 담아낼 언어적 표현을 찾는 이중의 싸움인 것이다.

그래서 루쉰은 오랫동안 머뭇거릴 수밖에 없다. "아큐의 이미지가 마음속에 그려진 것은 확실히 여러 해가 되었던 듯하다. 그러나 나는 줄곧 그것을 써내려는 엄두를 내지 못했다"「「아큐정전」의 유래」, 루쉰전집3권, 378쪽. 작품 서두에도 이와 같은 루쉰의 심경을 전하는 메시지가 있다.

내가 아큐를 위하여 정전正傳을 쓰려고 한 것은 이미 한두 해의 일이 아니라 훨씬 오래전의 일이었다. 그러나 막상 쓰려고 하면 그만 망설여졌다. 그것은 내가 '말을 후세에 전할 만한' 위인이 못 되기 때문이다. 예로부터 불후不朽한 문장만이 불후의 인물을 전하는 것으로 되어 있다. 즉, 사람은 글로써 전해지고 글은 사람에 의해서 전해진다는 것인데 — 그렇다면 대체 누가 누구에 의해 전해지는 것인지 점점 애매해진다. 결국 아큐를 전하겠다는 결정에 이르고 보니, 어쩐지 내가 귀신에게 홀린 듯한 기분마저 든다『루쉰소설전집』, 김시준 옮김, 96쪽, 이하 『아큐정전』의 인용은 쪽수만 표시.

『아큐정전』을 시작하면서 화자는 귀신에 홀린 듯하다는 심경을 피력한다. 자신은 말을 후세에 전할 만한 위인이 못

되며, 야큐 역시 후세에 전해질 만한 인물이 아님을 밝히면서 그런 글을 쓸 수밖에 없는 자신을 귀신에 홀렸다고 말하는 것이다. 아큐의 이미지가 그의 뇌리에 똬리를 튼 지 오래되었지만, 그것을 글로 남길 만한 가치가 있을까? 평범하기 그지없는 아큐를 역시 평범하기 그지없는 작가가 글로 남기는 게 무슨 의의가 있을까? 그럼에도 아큐를 글로 남기려면 어떤 형식을 취해야 하는 걸까? 그 어려운 싸움을 지속할 필요가 있을까? 그런 고민 가운데 아큐의 이미지는 조금씩 구체화되어간다. 때로는 어쩔 수 없는 힘에 이끌려 그 싸움을 포기할 생각도 갖는다. "내게는 하고 싶은 말도 없고, 짓고 싶은 글도 없다. 단지 일종의 자해하는 기질이 있어서 때로는 어쩔 수 없이 몇 마디 고함을 질러 사람들에게 흥을 돋우려고 했다"「「아큐정전」의 유래」, 루쉰전집3권, 376쪽. 평범한 작가가 평범한 인물의 정전을 쓰기 위해 오랫동안 고민한 것을 보면, 루쉰이 귀신에 홀린 것은 분명하다.

　루쉰은 자신이 아큐라는 인물을 대상으로 글을 쓴 것은 자해행위이며, 이를 통해 사람들의 여흥을 돋우려고 했다고 말한다. 어딘지 모르게 자신을 연회석의 취하醉蝦를 만드는 조수라고 언급한 부분과 흡사하지 않는가? 이런 루쉰의 기질을 어떻게 해석해야 할까? 자신의 상처를 통해 사람들의 관심을 끌기 위한 전략이라고 해야 할까? 이러한 방식으로 사람들의 관심을 끌려는 사람이 얼마나 될까? 그 의도는 무엇일까?

자해행위, 즉 글쓰기를 통해 중국인의 관심을 끌려고 한 루쉰의 의도는 중국인의 각성에 있다. 자신의 상처를 통해 중국인의 관심을 유도하고, 그들의 변화를 추구하기 때문에 루쉰의 글쓰기는 어느 것 하나 소홀히 담아내서는 안 된다. 자해행위를 통해 남는 것이 오직 자신의 상처뿐이라면, 이는 단순한 소모행위일 뿐이기 때문에 작품에는 뭔가 뚜렷한 이미지가 담겨야 한다.

누구나 인정하고 공감할 만한, 그래서 그들의 고민을 이끌어내고 변화를 도모케 할 수 있는 주인공의 이미지를 잡아내기 위해 루쉰은 모든 신경을 집중해야 한다. 그 과정에서 루쉰의 피로는 증폭되기 마련이다. 그 피로만큼 주인공의 형상은 객관성을 확보하게 되며, 표현의 전달력도 강해진다. 루쉰의 고민이 여기에서 그치는 건 아니다. 이야기 전개의 속도, 작품을 읽을 독자층의 유형, 작품이 게재될 잡지 혹은 신문의 성격 등까지 작품 구상에 포함되어야 한다.

중국인에게 익숙한 소설 형식은 어떤 것이며, 그것도 신문연재를 통해 독자들과 만나게 될 작품이라면 어떠해야 하는지에 대한 루쉰의 고민은 깊어질 수밖에 없다. 소설 속에 묘사된 사건은 특정한 시기와 공간에 한정되기 마련이지만, 그 자체로 시대의 삶 전체를 대변하기도 하기 때문에 인간의 삶과 관련된 것이라면 무엇이든 담아내야 한다. 내용에 대한 고민, 형식에 대한 고민, 주인공의 형상에 대한 고민, 어느 것 하나 고민스럽지 않은 것이 없다.

고민 끝에 찾아낸 소설의 형식이 전傳과 장회체라는 전통적인 틀이다. 전傳은 간단히 인물전기라고 할 수 있다. 전기는 '한 개인의 생애와 업적, 활동 따위를 적은 기록'으로 정의된다. 개인의 생애와 업적, 활동 따위가 활자화된다는 것은 그 개인의 삶이 기록될 만한 가치가 있음을 의미한다. 아큐는 어떤가?

우리가 호흡하고 있는 현대사회에서도 그렇듯 일반 대중

의 삶은 거의 기록되지 않는다. 오죽하면 '호랑이는 죽어서 가죽을 남기고 사람은 죽어서 이름을 남긴다'는 말이 생겨났겠는가! 대다수의 삶은 누구에게나 익숙하기 때문에 호사가들의 구미를 자극하지 못한다. 일반 대중의 삶은 과거나 현재, 미래에도 기록물로서의 가치가 약하다. 우리의 주인공 아큐 역시 마찬가지이다. 아큐의 삶을 기록하려는 루쉰의 고민은 바로 여기에서 비롯된다. 아큐는 신해혁명 시기의 중국 어디를 가더라도 쉽게 찾을 수 있는 인물이며, 현대사회에서도 이름만 다를 뿐 쉽게 찾을 수 있는 평범한 인물이다. 그에게서는 전傳이라는 형식으로 기록될 만한 행적을 찾을 수 없다.

그렇다보니 루쉰은 전傳과 관련된 다양한 형식의 글쓰기를 떠올린다. 열전列傳, 자전自傳, 내전內傳, 외전外傳, 별전別傳, 가전家傳, 소전小傳 … 등 중국의 전통적 글쓰기 유형에는 전기와 관련된 다양한 형식이 있지만, 이들 하나하나가 아큐를 대상으로 하기에는 조금씩 맞지 않는다. "그래서 학자축에도 못 끼는 소설가들이 쓰는 '한담閑談은 그만두고 정전으로 돌아가서'라는 틀에 박힌 문구에서 '정전正傳'이라는 두

글자를 끄집어내어 제목으로 삼은 것이다"97쪽. 루쉰은 정전正傳이라는 이름을 취하는 과정에서도 당시 지식인의 세태를 풍자하고 있다.

여기에서 루쉰은 1926년 3월 18일에 발생한 학생시위 사살 사건에 대한 천위안陳源과 같은 지식인의 위선을 풍자한다. 영국에서 유학한 천위안은 사회혁명이나 폭력혁명을 반대하고 정부 주도의 점진적 개량을 주장한 온건론적 개혁주의자였다. 3·18사건을 두고 천위안은 정부의 폭력적 진압을 비판하기보다 미성년자인 남녀 어린이들은 어떠한 시위에도 참가하지 말 것을 당부한다며 여론을 호도했다.

다음으로 고민해야 할 부분은 주인공의 이름이다. 예로부터 '이름이 바르지 않으면 말이 순조롭지 못하다名不正則言不順'고 했기 때문이다. 작가는 공자의 말씀을 받들어 이름을 정하기 위해 고심한다. 또 전기라면 의례히 따르기 마련인 "첫머리에는 대개 '아무개, 자字는 무엇이며 어느 곳 사람이다'라고"97쪽 하는 통례도 지켜야 한다.

그러나 화자는 아큐의 성이 무엇인지, 아큐의 이름을 어떻게 쓰는지도 모른다. 아큐가 살아 있을 때 사람들은 그를

'阿Quei'라고 불렀다. '아阿'라는 글자는 중국 남방 지역에서 흔히 이름 앞에 붙여 친숙함을 표현하는 단어이니 그렇다 치고, Quei는 '계桂, gui'나 '귀貴, gui' 모두 가능하다. '큐'에 해당되는 정확한 글자를 고증할 수 없는 것이다. 이 부분에서도 루쉰은 "천두슈陳獨秀가 『신청년新靑年』을 발행하고 서양 문자를 제창했던 까닭에 국수國粹가 멸망되었으므로 고증할 수 없게 되었다"99쪽는 언급을 통해 후스胡適 등과 같은 국수주의자國粹主義者들의 고증벽考證癖을 풍자하고 있다.

다음 문제는 본적이다. 아큐가 연계를 주장하는 자오 씨는 마을에서 수재秀才를 배출한 집안의 성씨여서 어리석고 가난한 아큐와 관계될 리 없다. 아큐는 자오 나리의 위세를 보고 그와 같은 성씨임을 주장하지만 마을 사람들 대다수는 터무니없는 것으로 여긴다. 더구나 아큐가 비록 웨이좡에서 오래 살긴 했지만, 다른 곳에서 살기도 했으므로 웨이좡 사람이라고도 보기 어렵다.

이렇게 아큐를 빚어내기까지 루쉰의 고민은 상당히 오랫동안 지속된다. 전통적 글쓰기 형식의 문제에서부터 아큐의 정체성을 어떻게 잡을 것인가 하는 문제, 그리고 문예를 통해 중국인의 국민성을 개조하려는 자신의 목적을 담아내는 문제까지, 어느 것 하나 만만한 문제는 아니었을 것이다. 그래서 화자는 후스를 중심으로 한 국수주의자들에 대한 풍자로 서문을 끝맺는다.

> 내가 조금 자위하는 바는 그래서 '아阿' 자 하나만은 매우 정확하여 절대로 억지로 붙였거나 빌려다 쓴 결점이 없으므로 어떤 대가大家 앞에서도 떳떳할 수 있다. 그 밖의 점에 있어서는 모두 천학淺學으로써 구명할 수 있는 바가 아니었다. 다만 역사벽과 고증벽이 있는 후스 선생의 문인들이 장차 혹 많은 새로운 단서를 찾아낼 수 있기를 바랄 뿐이지만, 나의 이 『아큐정전』은 그 무렵에는 벌써 소멸되었을지도 모른다100쪽.

서론은 어디까지나 글의 출발이기 때문에 작품의 구상 과정이나 내용의 전개 과정을 암시하는 수준에서 끝맺을 수도 있지만, 루쉰의 비판 정신은 식지 않는다. 루쉰은 작품의 형식과 주인공의 이름을 설정하는 과정에서도 공자를 중심으로 한 전통의 굴레와 국수주의자들의 보수성, 천

위안陳源과 같은 현대평론파의 위선을 날카롭게 풍자한다. 중편에 불과한 작품이지만 『아큐정전』이 담고 있는 내용은 무궁무진한 관계로, 현재의 독자라면 후스가 지닌 역사벽과 고증벽이 있어야만 루쉰의 풍자를 제대로 간파할 수 있을 것이다. 물론 이 작은 책의 역할이 바로 거기에 있다. 고증까지는 아니더라도 다양한 해석의 가능성을 제공함으로써 작품의 의의를 전달해야 하는 것이다.

아큐를 빚어내기까지의 고민은 이 정도로 정리하고, 우선 작품의 배경인 웨이쫭이라는 공간의 특징에 대해 살펴보자.

2. 아큐들의 무대, 웨이쫭

웨이쫭未庄은 중국의 전형적인 농촌 마을이다. 큰 마을이 아니기 때문에 빠져나가는 데 많은 시간이 걸리지도 않는다. 마을을 벗어나면 온통 논이다. 봄철이면 모가 파릇파릇 돋아나고, 가을이면 누런 들판이 펼쳐진다. 들판 사이에서 움직이는 둥그스름한 검은 점들은 일을 하는 농부들이다.

마을 사람들의 일상은 농사 절기에 맞춰진다. 봄철의 모내기, 여름철의 김매기, 가을철의 추수, 겨울철의 휴식과 다음 해 농사 준비. 어느 것 하나 특별할 것 없는 여느 농촌의 모습을 하고 있다.

아큐의 이름과 관련된 루쉰의 고민을 상기해보면 웨이좡이라는 이름 역시 허투루 보아서는 안 된다. 마을 이름이 아닐 미未에 농막 장庄인 연유가 있을 테지만, 이에 대한 고증은 불가능하다. 작품의 서론에서도, 『아큐정전』과 관련된 루쉰 자신의 다른 글에서도 관련 언급을 찾을 수 없기 때문이다. 단지 허구의 예술인 소설의 특징을 빌려 유추해볼 수 있을 뿐이다. 특정한 이름이 없다는 것은 어디에도 없다는 의미일 수 있다. 또 도처에 널려 있어 굳이 이름을 붙일 필요가 없다는 의미로도 해석이 가능하다. 아무튼 농사를 주업으로 삼는 곳이면 어디든 붙일 수 있는 이름이 웨이좡일 것이다. 아큐라는 이름을 짓기까지 루쉰이 보여준 고민을 상기해보면, 웨이좡이라는 명명 역시 단순하지만은 않은 게 사실이다. 소설의 특성상 무대나 등장인물은 모두 허구에 불과하지만, 바로 그 허구의 개연성 때문에 의미가 더욱 무궁무진하게 확장된다.

웨이좡은 조상과 미신을 섬기는 전통이 대대로 전해져온 마을이며, 계층 간의 신분질서도 분명하다. 마을의 최고 권위자 자오 나리부터 최하층민에 속하는 아큐까지 촘촘한 신분질서의 그물망에서 자유롭지 못하다. 웨이좡은 계층 간, 혹은 사람 간의 진실한 소통이 무엇인지, 변혁이라는 것이 무엇인지도 모르는 무지몽매한 집단의 전형적인 모습을 하고 있다. 우리의 주인공 아큐는 그런 웨이좡 마을의 고용농이다. 자신의 농토도 없으며, 생계를 유지할 농토가 없기 때문에 가정은 어불성설語不成說이다. 연애 역시 가당치 않은 꿈일 뿐이다.

중국을 비롯한 동아시아의 전통적인 농촌 마을이 그렇듯, 웨이좡에서는 한두 명의 덕망 높은 집안이 마을의 대소사를 주관한다. 웨이좡에서는 자오 나리가 그런 역할을 한다. 대다수 농민은 자신의 직분에 충실하지만, 간혹 아큐나 소D 같은 건달기 가득한 무뢰배들이 작은 소동을 일으켜 마을 사람들에게 구경거리를 제공하기도 한다. 소동이 일면 마을 사람들은 통례에 따라 처리한다. 자오 나리 같은

덕망 있는 사람의 말과 그들이 떠받들어온 유가적 질서가
마을의 통례이며 법이다.

웨이좡의 통례는 아치阿七가 아바阿八를 때렸다든가, 혹은 리
쓰李四가 장싼張三을 때린 것은 본시 별로 문제가 되지 않는
다. 반드시 자오 나리 같은 유명한 사람과 관련되어야 비로
소 그들의 입에 오르는 것이다. 한 번 입에 오르면 때린 사람
이 유명한 사람이므로 맞은 사람도 그 덕에 유명해진다. 잘
못이 아큐에게 있음은 물론 말할 것도 없다. 왜 그러는가? 왜
냐하면 자오 나리에게는 잘못이 있을 리 없기 때문이다. 잘
못이 그에게 있다면 어째서 사람들이 그를 각별히 존경하겠
는가? 이것은 정말 어려운 문제다. 그러나 곰곰이 생각해볼
때 아큐가 자오 나리의 동족이라고 주장했으니 비록 얻어맞
긴 했어도 그게 어쩌면 정말일지도 모르므로 조금 존경하는
것도 괜찮을 거라는 생각에서였는지도 모른다. 그것은 공자
묘孔子廟에 바친 황소는 비록 돼지나 양과 같은 짐승이면서도
성인이 젓가락을 댔기 때문에 선유先儒들도 감히 건드리지
못하는 것과 같은 이치일 것이다 106-107쪽.

아치나 아바, 리쓰나 장싼은 웨이좡 마을의 주민들로, 우리의 일곱째, 여덟째, 이李 씨네 넷째, 장張 씨네 셋째 정도에 해당되는 평범한 사람들이다. 우리의 김 씨, 이 씨, 박 씨처럼, 현재의 중국에서 가장 흔한 성씨가 이 씨와 장 씨이다. 그렇게 평범한 사람들 사이의 다툼은 시비를 가릴 거리도 못 된다. 자기네들끼리 싸우다 어느 누가 다치더라도 질서와 통례를 유지하는 데는 아무런 불편이 없기 때문이다. 아큐 역시 그런 부류에 속하거나, 그들보다 하층 인물이다.

아큐 역시 웨이좡의 통례, 즉 인습의 무게로부터 자유롭지 않지만 그는 마을의 최고 권위자를 입에 담을 만큼 무모한 면이 있다. 아치나 아바, 리쓰나 장싼이 주인공이 될 수 없는 이유는 아큐처럼 무모하지 않기 때문이다. 아큐가 다른 등장인물과 다른 점이 바로 이것이다. 아큐에게는 반항 기질까지는 아니지만, 신분사회와 웨이좡의 통례를 거스르는 일탈심리가 있다. 물론 그의 일탈심리가 스스로의 자각에 의해 이루어지는 것이 아니기 때문에 큰 문제가 되지는 않는다. 한마디로 아큐는 구경거리를 제공하는 역할을 하는 것이다.

농업사회의 최하층에 자리 잡은 날품팔이 농군 아큐에게
는 자신의 잘못에 대해 변호할 기회도 없다. 마을 사람들이
아큐에게 관심을 보일 때는 일이 바쁘거나, 자오 나리 같은
덕망 있는 사람과 시비가 붙었을 때뿐이다. 시비를 가릴 때
에도 잘못은 무조건 아큐에게 있다. 이유는 단 하나, 아큐
가 마을의 최하층 날품팔이이기 때문이다. 그런데 성도, 이
름도 분명하지 않은 아큐가 자신은 자오 나리와 동족이라
고 주장하여 자오 나리에게 얻어맞는 사건이 발생한다. 마
을 사람들은 아큐의 잘못임을 분명히 알면서도 동족일 가
능성 때문에 약간의 존경을 표한다.

이런 마을 사람들의 이중적인 심리를 해석하기 위해 화
자는 아큐를 공자묘에 바쳐진 황소에 비유한다. 황소는 돼
지나 양과 같은 짐승이면서도 공자묘에서 거행되는 공자의
제사상에 올라 몇천 년 전에 죽은 성인의 음식이 되기 때문
에 등급이 올라간다. 여기에서 황소, 돼지, 양은 일반인에
대한 비유라고 할 수 있다. 등급사회에서 그들의 가치는 짐
승이라는 점에서 동일하지만, 어쩌다 죽은 성인의 제사상

에 오르게 된 행운만으로도 선망의 대상이 되는 것이다. 전통사상과 이를 무비판적으로 떠받드는 사람들에 대한 루쉰의 비판이 유머러스하게 묘사된 부분이다. 더불어 아큐가 혁명의 와중에 자오 나리 댁을 약탈했다는 죄명으로 희생양이 되는 복선 역할을 하는 부분이라고 봐도 무방하다. 혁명의 와중에 희생되는 아큐를 제사상의 황소로 볼 수 있다는 얘기이다.

고래로 희생양은 사건이 해결되었음을 공표하는 비근한 해결책이며, 권위자가 자신의 권위를 내세우는 간편한 방법이다. 현대사회에서도 희생양은 사회적 문제가 발생했을 때, 객관적이고 합리적인 분석 없이 대충 연관이 있어 보이는 만만한 상대를 찾아 응징함으로써 문제가 해결되었다고 여론을 조작하는 수단으로 종종 쓰인다. 혁명의 와중에 자오 나리 댁이 약탈을 당하자 아무런 잘못이 없는 아큐를 희생양으로 삼아 본보기를 보이는 권력 집단의 행위는 공동체의 질서를 유지하는 오래된 통례일지도 모른다. 아큐의 억울한 죽음처럼, 희생양과 관련한 시비는 따져볼 문제가 못 된다.

웨이쫭의 관례는 조금이라도 사람의 눈을 끄는 인물을 만나게 되면, 그 사람을 경멸하기보다는 오히려 존경하는 것이었다. 지금의 그가 아큐라는 것은 확실히 알고 있지만 누더기 옷을 입은 아큐와는 좀 다르기 때문이다. 옛사람들이 말하기를 "선비란 사흘만 떨어져 있어도 다시 눈을 비비고 보아야 한다"라고 했기 때문에 점원도, 주인도, 손님도, 길 가던 사람도, 자연 일종의 의심을 품으면서도 존경의 태도를 표시했다125쪽.

웨이쫭의 또 다른 통례는 사람의 눈을 끄는 인물은 일단 존경하고 보는 것이다. 읍내에서 훔친 물건을 가지고 돌아온 아큐는 웨이쫭 사람들의 부러움의 대상이 된다. 이유는 오직 누더기 옷을 걸치지 않았다는 점 때문이다. 이전의 아큐는 누더기를 걸치고 마을의 사당에서 잠을 자거나 날품을 팔러 다녔다. 마을 사람들의 눈에는 그런 아큐만이 있을 뿐이며, 그래야 얕잡아 볼 자신감도 갖게 된다.

그런데 지금은 갑자기 부자가 된 듯, 혹은 선비라도 된 듯 그럴싸한 행색을 하고 마을로 돌아왔다. 웨이쫭의 관례는 면모를 일신한 사람이라면, 그가 어떤 인물이든 의심을 품으면서도 존경의 태도를 표시한다. 부자가 되어 돌아온 아큐를 보는 태도 역시 그렇다. 내막을 알 수 없기 때문에 일단 잘 보이고 보자는 속셈인 것이다. 그래야 혹시 모를 떡고물이라도 떨어질지 모르니.

부러움은 시기심을 동반하기 마련이듯, 마을 사람들의 시기심도 커진다. 그 시기심이 결국 아큐가 읍내에서 도둑질한 것임을 밝혀내는 계기가 되지만, 밝혀지지 않았다면 분명 아큐는 마을의 유명인사가 되었을 것이다. 이처럼 웨이쫭 사람들은 강자에게는 굽실거리고, 약자는 짓밟는다. 자신들보다 잘난 사람의 말은 무조건 따르고, 못난 사람에게는 굴종을 강요한다.

이쯤에서 한번쯤 우리 자신을 되돌아볼 필요가 있다. 21세기를 살고 있는 우리 자신에게서도 웨이쫭 사람들의 관념이나 행동 방식을 찾아볼 수 있지 않을까? 사람들의 눈을 끄는 인물에 대한 호기심, 유명인사와 연계된 사람에 대한 일말의 존경심, 부유한 사람에 대한 부러움 섞인 시기심, 시비와는 상관없이 희생양을 보며 공동체의 통례가 유지되

었다며 안도하는 모습 등은 지역과 시기를 불문하고 찾아
질 수 있지 않을까?

웨이좡 마을의 신분은 자오 나리와 같은 최상층, 그들을
시중드는 소수의 차상위 계층, 대다수 일반 농민, 아큐나
소D, 비구니와 같은 최하층으로 나뉜다. 그들 사이에는 위
계질서만 있을 뿐, 계층 이동이나 계층 간의 소통은 불가능
하다. 그들의 관념세계를 지배하는 이데올로기는 공자 이
래 체계를 갖춘 예법禮法이다. 루쉰은 그런 예법이 종교화된
예교禮敎의 폐해를 폭로하기 위해 「광인일기」를 썼다.

거인擧人 나리나 자오 나리와 같은 사람들에 의해 만들어
진 통례는 웨이좡의 불문율이다. 도덕이라고 하면 공동체
성원 대다수의 동의하에 만들어지는 것이 보통이지만, 웨
이좡은 그렇지 않다. 웨이좡 마을은 한두 사람, 특히 공자
와 같은 성현의 도리를 따르는 사람들에 의해 만들어진 통
례에 따라 질서가 유지된다. 그렇게 한두 사람에 의해 만들
어진 통례는 대다수의 복종을 요구하지만, 통례의 제정자
는 여기에서 비교적 자유롭다.

공동체의 질서 유지라는 그럴싸한 명목을 지닌 통례는

사실 지배층을 위한 노예계약에 불과할 뿐이다. 그런데 대다수 마을 사람들이 그 속성을 파악하지 못하는 것은 진실을 감추는 이름 때문이다. 노예계약이라는 명칭이 거북하기 때문에 통례, 혹은 관례와 같은 미칭美稱으로 대다수 피지배층을 속이는 것이다. 다시 한 번 『아큐정전』의 서론 부분에 나오는 공자의 언급을 상기해보자. "이름이 바르지 못하면, 말이 순조롭지 않다." 공자의 언급을 다시 제기하는 것은 전통사상에 대한 루쉰의 비판의식에 대해 사고해보려는 의도 때문이다.

이름을 바르게 해야 언어행위가 막힘이 없다는 것은 사람들을 설득하기 위해서는 무엇보다 이름을 잘 지어야 한다는 것으로 해석하면 될 것이다. 사람들을 설득하여 통례를 받아들이도록 하기 위해서는 통례의 노예 계약적 속성을 감추는 그럴듯한 이름을 지어야 하는 것이다. 그렇게 하여 형성된 권력과 이를 유지하기 위한 언술행위의 관계를 루쉰은 다음과 같이 일괄해버린다.

어쨌든 자유롭게 쇠고기를 먹고 말을 타는 일 등등은 자신이

윗사람이고 다른 사람은 아랫사람임을 선포하거나, 사람을
동물에 견주거나 자신을 천사로 여기면 된다.

그러나 여기에서 가장 요긴한 것은 여전히 '무력'이지, 이론
이 아니다. 사회학이든 기독교의 이론이든 어떤 권위를 만들
기에는 역부족이다. 동물에 대한 원시인의 권위는 활과 화살
과 같은 것의 발명에서 만들어진다. 이론이란 그다음에 생각
해낸 해석에 불과하다. 이러한 해석의 역할은 자신의 권위를
종교적인, 철학적인, 과학적인, 세계적 흐름에 근거하여 만
들어내는 데 있으며, 이를 통해 노예와 우마牛馬가 이 세계의
공적인 법칙을 깨달아 판결을 뒤집으려는 모든 몽상을 버리
게 하는 데 있다 「동의와 해석」, 루쉰전집5권, 286-287쪽.

지배 계급은 자신에게 "친화적인 신념과 가치를 장려함
으로써, 즉 그것들이 자명하고 겉보기에 불가피한 것으로
만들기 위해 그 신념들을 자연화하고 보편화함으로써, 그
것에 도전할지 모를 사상을 폄하함으로써, 체계적 논리에
의해 경쟁적 사고 형태를 제거함으로써, 그리고 자신에게
편리한 방식으로 사회 현실을 호도함으로써 자신을 정당화

한다"^{테리 이글턴 지음, 여홍상 옮김, 『이데올로기 개론』, 한신문화사, 1995, 8-9쪽.}

루쉰이 지적하고 있는 것처럼, 지배층의 형성은 자신이 윗사람이고 다른 사람은 아랫사람임을 폭력적으로 선포하거나, 다른 사람을 비하하거나 자신을 높이는 자의적인 언술 행위로부터 시작된다. 이렇게 비논리적이고 비이성적인 행위가 가능한 것은 그들이 가진 무력 때문이다. 그리고 폭력적이고 자의적인 언술 행위의 위선을 감추기 위해 종교·철학·과학·세계적 조류라는 수사를 입힌다. 비논리적·비합리적·비이성적 폭력을 치장하는 언술 행위를 통해 권력을 합리화하는 것이다. 사회학이든, 종교적 교리든, 이론이란 폭력에 의해 만들어진 권력의 비논리·비이성·비합리를 감추기 위한 수사법일 뿐이다. 권력의 형성과 지배층의 지배를 종교·철학·과학 등의 힘을 빌려 해석하는 행위, 이를 통해 피지배자의 반발과 동요를 잠재우는 행위가 바로 이론이라는 이름으로 행해진다.

이렇게 물리적 폭력으로 형성된 지배 관계를 문화·전통·이론의 형이상학적 지배 관계로 변모시키는 역할을 맡는 자가 지식인이다. "지배 계급을 구성하고 있는 개인들 역시 의식을 지니고 있으며 따라서 사유할 줄 안다. 그리하여 그들이 하나의 계급으로서 지배하고 어떤 역사적 시대의 범위 전체를 결정하는 한, 그들은 전 영역에 걸쳐 그 지배를 행할 것이며, 따라서 다른 것들과 더불어 사상의 생산자로서도 지배하며 그리하여 그 시대의 사상의 생산과 분배를 규제한다는 사실은 자명하다"마르크스·엥겔스 지음, 김영기 옮김, 『마르크스·엥겔스의 문학예술론』, 논장, 1989, 66쪽. 웨이쫭에서는 거인 나리나 자오 나리가 이런 역할을 맡는다.

거인 나리나 자오 나리 등에 의해 만들어진 그럴싸한 통례를 통해 지배층은 피지배층의 권리와 이권을 보호한다는 명목을 갖추게 되며, 이를 통해 안정적으로 피지배층의 재물을 강탈할 수 있다.

① 내일 홍촉紅燭 ─무게 한 근짜리─ 두 개와 향香 한 봉지를 가지고 자오 씨 댁에 가서 사죄할 것.
② 자오 씨 댁에서 도사道士를 불러 목맨 귀신을 떨쳐버리는 굿을 하는데 그 비용은 아큐가 부담할 것.
③ 아큐는 앞으로 자오 씨 댁 문턱 안에 들어가지 말 것.

④ 우어멈에게 앞으로 만약 이변이 생기면 모두 아큐의 책임으로 함.

⑤ 아큐는 품삯과 웃옷을 달라는 요구를 하지 말 것188쪽.

인용은 자오 나리 댁 하녀를 희롱했다는 이유로 지보地保 (지방자치경찰)가 아큐에게 강요한 서약이다. 여기에 지방자치경찰은 밤에 잠을 이루지 못했다는 이유로 아큐에게 술값으로 평소의 2배인 4백 닢을 뜯어간다. 아큐는 별다른 반박도 하지 못하고 이 모든 것을 받아들인다. 아큐가 변상한 물품은 자오 나리 댁에는 있어도 그만, 없어도 그만인 하찮은 것이다. 그러나 마을의 최고 권위자인 자오 나리에게 잘 보이기 위해 지방자치경찰은 가능한 한 많은 돈을 갈취하여 자신의 충성심을 드러낸다.

웨이좡 마을은 예법에 의해 사람과 사람 사이가 막히고, 그 상태로 2천 년 이상 지속되었다. 한 왕조가 멸망하고, 새로운 왕조가 들어서도 웨이좡 마을의 예법에는 큰 변화가 없다. 변한 것이라면 여전히 무지몽매한 사람들을 현혹시키기 위해 더해지는 세련된 언사言辭와 새로운 전략뿐이다.

옛 성현들이 나눈 신분질서는 여전히 지속되고 있으며, 나날이 새로운 전략을 펼치고 있다.

　나는 현대 우리나라 사람들의 정신세계를 그려보려고 했으나 정말로 그렇게 되었는지는 아직 충분한 확신을 갖지 못하고 있다. 다른 사람들은 어쩐지 몰라도 나 자신은 인간과 인간 사이에 커다란 장벽이 가로놓여 있어 사람들의 마음이 통할 수 없는 것처럼 생각된다. 이것은 바로 우리 고대의 총명한 사람들, 이른바 성현들이 사람의 등급을 10가지로 나눠놓은 탓이다. 지금은 그 명목을 그대로 부르지는 않지만 그 유령은 그대로 남아 있다. 뿐만 아니라 더욱 심해져 한 사람의 신체 내에서도 차별이 생겨 손은 발을 다른 부류의 하등물로 간주한다 「러시아어 번역본 『아큐정전』의 서언 및 저자 약전」, 루쉰전집7권, 81쪽.

　『아큐정전』의 무대는 웨이좡이라는 작은 농촌 마을일 뿐이지만, 거기에는 전체 중국을 유추해볼 수 있는 내용이 담겨 있다. 90여 년 전 루쉰이 포착한 중국의 면모는 현재의 중국에서도 찾아볼 수 있다. 현재 중국은 약 8천만 명 정도

되는 공산당원을 중심으로 통치체계가 갖추어져 있다. 개혁개방 이후에는 부르주아 계급이라며 호된 비판을 받았던 자본가 계층이 부상하여 정·재계에서 실력을 발휘하고 있다. 공산당원과 자본가 계층 밑으로 그들을 돕는 계층, 농민과 노동자, 농민이면서 노동자인 농민공農民工 등의 계층이 형성되어 있다. 농민과 노동자, 농민공 사이에도 지역에 따라, 혹은 직장에 따라 생활수준의 차이가 확연하다. 웨이좡에서와 유사하게 현재 중국에서도 계층이동은 쉽지 않으며, 그들 사이의 소통 역시 쉽지 않다.

『아큐정전』이 예법이라는 보이지 않는 질서에 의해 작동되는 중국사회의 오래된 원리를 포착했다면, 현재 중국은 공산당원으로 대표되는 정치적 권위와 자본가 계층으로 대변되는 경제적 가치에 의해 계층이 나뉘고 있다. 거기에 정치적·경제적 지배의 비윤리성을 감추기 위한 장치로 유가와 같은 고대 사상이 부활하고 있다. 과거의 중국을 유지하고 작동시킨 장치가 예법질서라고 한다면, 현대의 중국은 거시적으로 보아 자본의 논리에 의해 지탱되고 있다고 할 수 있다.

형식적인 면에서 과거의 중국과 현대의 중국을 지탱하는 지배논리는 다르다. 그러나 내용적인 면에서는 여전히 지배와 피지배의 관계를 유지하고 있다. 웨이쫭은 중국의 전통적인 지배논리가 구현되고 있는 마을이다. 이를 자본의 논리로 대체하면 현대 중국의 지배논리를 간파할 수 있다. 앞서 웨이쫭은 마을이 아닐 수도 있으며, 도처에 널린 마을을 의미할 수도 있다고 말했다. 이를 현대 중국에 투영해본다면 『아큐정전』이 말하고 있는 바는 다음과 같은 것이 아닐까? 정치적·경제적 지위에 의해 계층이 나뉘고, 계층질서의 유지를 위해 예교와 같은 이데올로기가 힘을 발휘하는 곳이라면 어디든 웨이쫭이라는 이름을 붙일 수 있다는.

웨이쫭의 모습은 현재의 중국 여기저기에서 발견된다. 루쉰이 『아큐정전』에 담아낸 중국인과 중국의 모습은 여전한 생명력을 지니고 있다. 한 네티즌의 언급이 이를 증명한다.

초등학교, 중학교 때 나는 루쉰의 문장들이 너무 싫었다. 왜냐하면 당시는 읽어도 무슨 말인지 알 수 없는 대목이 많았고, 실제 생활과는 거리가 먼 이야기들이었기 때문이다. 게다가 선생님이 늘 암기를 시켰기 때문에 나는 반감밖에는 기억이 안 난다. 대학에 들어가니 국어 수업도 없어졌고 교과서 암기도 없어져 루쉰의 문장들을 더 이상 싫어할 필요는 없었으나 그렇다고 좋아할 까닭도 없었다.

그런데 대학을 졸업하고 사회인이 되어 하고 싶지 않은 일을 해야 하고 보고 싶지 않은 일을 봐야 하는 처지가 되자 지난날 억지로 암기한 문장들이 머리에 떠올라 엄격했던 선생님들이 오히려 고맙게 생각되는 것이었다. … 양심을 지키면서 눈을 크게 뜨고 보니 탐관오리나 건달, 그 똘마니들, 페탱 원수 같은 사람들, 또는 케케묵은 습관이나 미신에 사로잡힌 사람들 등등 루쉰이 맞서 싸웠던 추한 사회현상이 아직도 많이 남아 있는 것이었다. 누더기를 걸친 아큐가 시골에도 있고 도시에도 있었으며, 그런가 하면 고급 슈트를 차려입은 아큐가 멋진 저택에 살고 있는 모습도 눈에 띄었다. 그리고 가난한 사람이든 부자든, 서민이든 고급관료든, 무학자든 대졸자든 가리지 않고 모두 신불神佛을 경배하고 있었다 아이디 'Lunxun'의 댓글, 『인터넷 루쉰網絡魯迅』, 葛濤 엮음. 여기에서는 후지이

쇼조 지음, 백계문 옮김, 「루쉰-동아시아에 살아 있는 문학」, 한울아카데미, 2014, 254-255쪽에서 재인용.

『아큐정전』의 배경인 웨이좡의 의미를 현재에까지 확장하려는 것은 작품을 통해 우리가 처해 있는 공간에 대해 사고해보려는 의도 때문이다. 더불어 현재 중국의 특징에 대해서도 고민해보자는 의도가 담겨 있다. 웨이좡은 분명 농촌 마을이지만, 의미의 다의성을 사고해본다면 농촌에만 한정 지을 수 없다. 더불어 웨이좡은 분명 90여 년 전에 설정된 공간이지만, 현재에도 다양한 울림을 전하고 있다.

이 정도 선에서 웨이좡이라는 공간의 의미를 되새겨보고, 이제부터는 그 공간의 주인들에 대해 살펴보자.

3. 『아큐정전』의 인물들, 그들의 세계관

『아큐정전』에 등장하는 인물들은 등급에 따라 네 층위로 나눌 수 있다. 먼저 거인 나리나 자오 나리, 일본 유학을 다녀온 신식 지식인 첸錢 나리의 큰아들과 같은 최상층이 있다. 다음으로 지방자치경찰이나 자오 나리 댁의 유일한 하녀 우吳 어멈처럼 최상층에 복무하는 집단, 그 아래로 대다수 농민이 세 번째 계층을 형성한다. 마지막으로 최하층에 속하는 인물인 아큐, 왕털보, 소D, 비구니가 있다.

거인 나리나 자오 나리는 신분상승의 등용문登龍門인 과거에 합격했거나, 과거를 통해 신분상승을 도모하는 인물들이다. 거인 나리나 자오 나리는 내·외부적으로 웨이쫭의 통례를 만들 권위를 인정받는 사람들이지만, 그들 사이에도 신분의 차이는 분명하다. 성 안의 유일한 거인인 바이白 씨는 웨이쫭 마을의 최고 권위자인 자오 나리보다 더 높은 위치에 있다. 그의 명성은 백리 사방에 퍼져 있어 아큐가 그의 집에서 일했다는 것만으로도 웨이쫭 사람들이 선망할 정도이다. 이보다는 못하지만 웨이쫭에는 자오 나리라는 권위자가 있어 마을의 대소사를 관할한다.

작품에 등장하는 인물 대다수는 최상층에 복무한다는 점에서는 동일하지만, 지위와 권한 등에서 차이가 난다. 자오 나리 댁과 가깝게 지낼 수밖에 없는 지방자치경찰이나 우 어멈이 농민이나 아큐 등에 비해 한 단계 높다. 특히 지방자치경찰의 경우는 자오 나리 댁과 관련된 사건이 발생할 때마다 시비是非는 가릴 것도 없다는 듯, 자오 나리 편에서 일을 해결한다. 아큐가 자신은 자오 나리와 동족이며, 항렬을 따져보면 자오 나리의 아들인 수재보다 삼대나 윗 항렬이라고 떠벌리고 다니자 지방자치경찰이 나서서 아큐를 자오 나리 댁으로 끌고 가 따귀를 맞게 한다. 그런 후 아큐를 닦달하여 술값으로 2백 닢을 갈취해간다.

최하층에 속하는 인물들은 신분상 차이가 없다. 차이라고 한다면 경제적이거나 전통 관념에 의한 것이다. 아큐나 왕털보, 소D가 무시를 당하는 것은 경제력 때문이며, 비구니는 여성과 종교에 대한 폄하로부터 기인한다. 이런 상황에서 최하층에 속한 아큐가 문제적 인물인 것은 신분의 상하를 불문하고 다양한 사건을 만들어내기 때문이다.

긍정적으로 보았을 때, 아큐는 전통 신분질서의 파괴자라는 일면을 갖고 있다. 그러나 그의 행위는 자신의 주체적인 판단에 의해 이루어지는 것이 아니라, 여전히 신분질서의 틀 안에서 이루어지기 때문에 웨이쭈앙에 별다른 영향을 미치지 못한다. 단지 마을 사람들의 웃음거리가 되거나 구경거리로 전락할 뿐이다.

웨이쫭 사람들 누구나 그렇듯 아큐는 구경하는 걸 좋아하고, 으스대는 걸 좋아하며, 자존심도 강한 인물이다. 아큐에게 "웨이쫭 주민들은 하나같이 눈에 차지 않았고 심지어 두 분의 '글방 도련님'에 대해서까지도 일소—笑의 가치조차 없다. … 게다가 몇 번 성안으로 들락거렸던 일은 자연 그의 자부심을 더욱 강하게 했다. 그러나 한편 그는 성안 사람들까지도 퍽 경멸하였다"101쪽.

아큐는 과거시험을 준비하는 대갓집 자제들마저 무시할 만큼 자존심이 강하다. 그 자존심은 웨이쫭 사람들에 비해 세상 경험이 많으면서도 웨이쫭의 통례에도 익숙하다는 점에서 비롯된다. 누더기를 걸치고 마을의 사당에서 기숙하며, 아직 가정도 이루지 못했지만, 아큐는 얄팍한 지식이나마 보유하고 있다.

여자가 하나 있어야 한다. 자손이 끊어지고 나면 밥 한 그릇 올려 놓아줄 사람도 없을 것이다. … 여자가 있어야 한다. 무릇 "불효에는 세 가지가 있나니, 후손이 없음이 가장 큰 것이다"라고 하였고, "또 후손이 없어 조상의 제사를 지내지 못하는 것이다"라고 했으니 이렇게 된다면 또한 인생의 크나큰 비애이다. 그러므로 그의 이 생각은 기실 모두가 성현의 경전에 합치되는 것인데 … 113쪽.

아큐의 얄팍한 지식은 그의 자존심을 높여주는 기제이자, 정신승리법의 원동력이 되기도 한다. 그는 중국의 성인들이 말한 효의 의미를 잘 알고 있다. '무후위대無後爲大'라는 표현은 맹자孟子가 말한 것으로, 중국을 비롯한 동아시아의 윤리질서를 대표하는 개념이다. 동아시아의 전통에서 볼 때, 대代를 잇지 못해 조상의 제사를 지내지 못하는 것은 불효 가운데서도 최고의 불효이다. 아큐 역시 이를 잘 알고 있다. 이름도, 본적도, 자신의 조상도 분명하지 않지만, 웨이좡의 대다수 사람이 대代를 이어 제사 지내는 것을 최고의 가치로 삼고 있기 때문에 아큐 역시 그와 같은 관념을 내재화시킬 수밖에 없다. 최하층민 아큐가 이 정도이니 다른 사람들이야 오죽하겠는가! 여기에서도 중국인의 관념을 지배하고 있는 전통사상에 대한 루쉰의 비판의식을 엿볼 수 있다.

전통 사상의 훈도는 여기에 그치지 않는다. 후손을 잇기 위해서라면 처妻 외에도 첩妾을 들이는 것이 당연시되다시피 했던 중국에서는 여성에 대한 관념 역시 후손을 잇는 수단에 불과한 경우가 많았다. 비록 사회주의 중국 성립 초기에는 여성과 남성의 지위가 법률적으로 동등하게 규정되었지만, 자본주의가 성행하고 있는 현재에는 다양한 방식으로 이전의 나쁜 풍속이 부활하고 있다.

'바오얼나이包二奶'가 적절한 예이다. '바오얼나이'는 본부인 외에 제2의 여성을 두는 것을 말하는데, 성적 쾌락을 위한 면이 크지만 부유한 계층이 후손을 잇는 방편으로 삼는 경우도 흔하다. 루쉰의 「남성의 진화」라는 글을 보면, 웨이 좡의 통례가 현재의 중국에도 유효함을 알 수 있다. 차이라면 진화 과정에서 새로운 언사가 보태져 세련미를 더하게 되었다는 점뿐이다.

돈이라는 보배가 나타난 이후 남자의 진화는 정말 대단하다. 세상의 모든 것을 매매할 수 있게 되었으며 성욕도 자연 예

외가 아니다. 냄새나는 돈 몇 푼을 쓰면 여자의 몸에서 얻고
자 하는 것을 얻을 수 있다. 게다가 남자는 이렇게까지 말할
수 있다. "내가 너를 강간한 게 아니고 네가 자원한 거야. 돈
몇 푼 가지려면 너는 이렇게 해야만 해. 뭐든지 고분고분 따
라야 해. 우리는 공정하게 거래한 거야." 그녀를 유린하고서
도 "고맙습니다. 도련님"이라고 말하기를 원한다. 이를 금수
가 할 수 있을까? 그래서 창녀는 남성 진화의 꽤 높은 단계인
것이다.

동시에 부모의 명과 중매쟁이의 말에 따른 구식 결혼은 창녀
보다 훨씬 고명하다. 이 제도를 통해 남자는 영구적인 살아
있는 재산을 얻는다. 신부가 신랑의 침대에 놓이면 그녀는
의무만 있을 뿐 값을 흥정할 자유조차 없게 되는데, 연애가
가당키나 하겠는가 루쉰전집 5권, 284쪽.

아큐의 여성관 역시 대다수 중국인의 그것과 차이가 없
다. 아큐는 본래 올바른 사람으로 '남녀유별'에 대해서도 엄
격하며, 이단異端을 배척하는 정의감이 투철하다. 무후위대
나 남녀유별과 같은 고훈古訓의 가르침은 아큐를 비롯한 웨

이창 사람들의 관념세계를 장악하고 있다. 어떤 위대한 선생의 가르침인지도 모르면서, 그것이 단지 통례라는 이유 하나만으로 따른다. 이 과정에서 여성은 계층질서의 가장 아래쪽에 자리하게 된다.

여성에 대한 아큐의 학설은 "모든 비구니는 틀림없이 중놈과 간통을 하며, 여자가 혼자서 바깥을 다닌다면 틀림없이 남자를 유혹하려고 하는 것이며, 남녀가 둘이서 이야기를 하고 있을 때는 틀림없이 수상한 관계가 있다"114쪽는 것이다. 이와 같은 견해들이 모여 결국 "여자란, 사람을 해치는 존재"라는 관념이 형성된다.

중국의 남자들은 대부분 성현이 될 수가 있었으나 애석하게도 모두 여자 때문에 실패하고 만다. 상商나라는 달기妲己로 망하고, 주周나라는 포사褒姒 때문에 허물어졌다. 진秦나라도 … 비록 역사에 기록은 없지만 여자 때문이라고 가정해도 전혀 틀린 말은 아니다. 그리고 한漢나라의 동탁董卓은 분명히 초선貂蟬에게 죽임을 당했다113쪽.

여성의 아름다움을 찬탄하는 표현으로 경국지색傾國之色이라는 말이 있다. 이 표현은 한漢 무제武帝의 신하 이연년李延年이 쓸쓸한 만년晩年을 보내고 있던 무제에게 자신의 누이를 자랑하며 지은 시에서 비롯되었다. 인용처럼 중국을 대표하는 미인인 달기, 포사, 초선과 같은 여성은 국가를 망하게 하는 존재에 불과하다. 이렇게 망국亡國의 책임을 여성에게 부과하는 것은 남성의 비겁함 이전에, 책임을 약자에게 전가하는 중국인의 오랜 관념이 문제임을 알 수 있다.

공동체의 통례라고 한다면 누구나 행할 수 있는 보편성과 누구에게나 실리적이어야 존속될 가치가 있다. 그러나 중국의 도덕은 계층에 따라, 남성과 여성에 따라 다르다. 루쉰이 인식한 중국의 도덕은 '자기만 있고 남은 돌보지 않는다. 여자는 수절해야 하지만 남자는 오히려 여러 아내를 가져도 된다.' 아큐와 같은 하층민이나 여성에게는 오로지 강요된 도덕밖에 없다. 그들에게는 상층이 정한, 예로부터 내려온 통례를 따르고 지킬 의무만 있을 뿐이다. 『아큐정전』에 등장하는 모든 인물이 그와 같은 통례를 만들고 지키면서 공동체를 지탱하지만, 루쉰이 보기에 이는 죽음의 길로 나아가는 행위일 뿐이다.

고훈의 가르침이란 바로 이런 생활법이네. 움직이지 말라는
거지. 움직이지 않으면 실수가 적은 건 물론이겠지. 하지만
실수가 적은 걸로 친다면 생명이 없는 암석이나 모래가 훨씬
낫지 않은가? 난 인류가 향상하기 위해서, 즉 발전의 견지에
서 보면 활동해야 마땅하다고 생각하네. 활동하다 약간의 실
수를 저지른다 하더라도 그리 대수로운 일은 아니네. 오히려
반생반사半生半死의 구차한 삶이야말로 완전한 잘못인 게지.
구차한 삶은 생활의 허울을 썼을 뿐 실상은 사람을 죽음의 길
로 데리고 가는 거와 다를 바 없다네「베이징 통신」, 루쉰전집3권, 52쪽.

생존을 위해서라는 그럴싸한 간판을 내걸었지만, 사실은
사람을 죽음의 길로 이끄는 고훈을 강요하고, 생활의 허울
을 썼을 뿐 구차하기 이를 데 없는 연명을 도덕이라는 이름
으로 주장해온 사회가 바로 중국이다. 중국의 도덕은 생명
이 없는 바윗덩어리나 모래와 같은 삶을 실수가 적다는 명
목으로 강요한다. 거기에 비해 움직임은 필연적으로 약간

의 실수를 낳을 수밖에 없지만, 움직임이 없이는 그 어떤 발전도 가능하지 않다.

　오랜 관념에 짓눌려 아무런 변화도 없이 반생반사의 삶을 연명하고 있는 중국인을 향해 루쉰은 "고작 생존해야 하며, 입고 먹는 것을 해결해야 하고, 발전해야 한다"는 말밖에 하지 못한다. 중국의 도덕은 반생반사의 구차한 삶을 강요하는 한편으로, 개인의 실리라는 측면에서 수용을 주장하며, 대다수가 이를 무비판적으로 수용하고 있기 때문이다. 루쉰이 판단하기에 중국의 전통은 이런 고훈과 허위적 도덕의 집적이다.

　이렇게 기형적인 도덕이 사회의 구성원을 지배하고, 보편이라는 이름으로 개인의 복종을 강요한다. 어디까지나 도덕은 집단과 다수의 산물로 개인적 삶의 주체성을 쉽사리 인정하지 않는다. 사정이 이러하니, 공동체의 통례에서 벗어난 구성원의 행위는 그가 아무리 외국물을 먹고 사회변혁을 도모한다고 하더라도 부정적일 수밖에 없다.

　저쪽에서 누군가가 다가왔다. 그의 적이 또 나타난 것이다.

이 사람도 아큐가 가장 싫어하는 사람 중의 하나다. 바로 첸 나리의 큰아들이었다. 그는 이전에 성안의 서양학교에 들어 갔으나 무슨 이유인지 몰라도 또 일본으로 건너갔다. 반 년 후에 집에 돌아왔을 때는 걸음도 곧바로 걷고 변발도 보이지 않았다. 그의 모친은 열 번 이상이나 울며 법석을 떨었고, 그 의 아내는 세 차례나 우물에 뛰어들었다. …

그러나 아큐는 그 말을 믿으려 들지 않았다. 어디까지나 그 를 '가짜 양놈'이라 했고 또 '외국놈의 앞잡이'라고도 불렀다. 그를 보기만 하면 반드시 속으로 은근히 욕을 해댔다109쪽.

인용 부분은 루쉰의 실제 상황과 연계해 음미해보면 더 욱 재미있다. 루쉰 역시 고향 사오싱을 떠나 난징을 거쳐 일본에서 유학을 했다. 그 역시 첸 나리의 큰아들처럼 일본 유학 시 변발을 잘라버렸다. 유학을 마치고 귀국했을 때, 그를 바라보는 어머니와 고향 사람들의 시선이 어땠을까? 인용한 것과 유사하지 않았을까? 신식 지식인에 대한 아큐 의 견해는 분명 웨이좡의 통례에 따른 것으로, 대다수가 그 러했을 것이다. 어딘지 모르게 루쉰 자신의 경험을 기술하고 있는 듯한 느낌이 들지 않는가?

『아큐정전』이 단순히 아큐의 정신승리법 비판만으로 읽혀서는 안 되는 요소는 다양하다. 인용 부분 역시 그렇다. 첸 나리의 큰아들은 작품에 등장하는 유일한 신식 지식인이다. 20세기 초 해외 유학을 경험한 신식 지식인 대다수는 중국의 전통과 중국인의 낡은 관념을 타파하기 위해 다양한 노력을 감행했다. 그러나 그들에 대한 대다수 중국인의 시선은 곱지 않았다. 루쉰은 분명 그런 시선을 의식했을 것이며, 작품을 통해 이의 연원을 분석하고자 했을 것이다.

'자신을 높임'은 특이한 것으로, 대중에 대한 선전포고이다. 정신병리학에서의 과대망상증을 제외하고 이렇게 자신을 높이는 사람은 대체적으로 천재적인 면이 있다. 노르도 Nordau 등에 의하면 얼마간의 광기가 있다고 할 수 있다. 그들은 자신의 사상적 견해가 대중보다 뛰어나, 대중은 이해하지 못한다고 여겨 세상에 분개하고, 속됨을 증오하여 점차 염세가가 되거나 '국민의 적'이 된다. 그러나 모든 새로운 사상은 대부분 그들에게서 나오며, 정치적·종교적·도덕적 개혁 역시 그들에게서 시작된다「수감록 38」, 루쉰전집1권, 311쪽.

아큐와 같은 일반 대중의 인식을 뒤집고, 중국인의 국민
성을 개조하기 위한 루쉰의 문학행위는 그들에게 적대적으
로 보일 가능성이 크다. 익숙하지만 진부한 생활습관을 버
리고 새로운 문물에 적응하기 위해서는 분명 오랜 시간이
필요하다. 그런데 루쉰과 같은 천재들은 관념과 생활습관
의 즉각적인 개조를 주장한다. 문제는 그들의 주장이 곧바
로 수용될 수 없다는 점이다. 낡은 관습에 젖어 비교적 평
온한 삶을 유지해오고 있는 사람들에게 그들의 주장은 미
친 소리로밖에는 들리지 않을 것이다.

이 과정에서 천재적인 인식의 소유자들은 염세가가 되거
나 '국민의 적'이 된다. 외침 후의 적막이란 쉽게 극복할 수
있는 것이 아니다. 천재적인 자기 인식은 낯설고 새로운 것
을 수용하는 데 거부감이 큰 대중의 도덕과 부딪치기 마련
이다. 새로운 사상을 통해 현실을 개혁하려고 하는 자는 이
중의 난관을 극복해야 한다. 이중의 난관이란 대중의 인식
을 뒤집으려는 주장에 대한 반감과 천재적인 인식을 대중

화하려는 대중의 도덕을 가리킨다. 그러나 대중의 도덕은 얼마간의 광기를 지닌 천재적인 자기 인식을 통해 비로소 변화한다. 장기적으로 보았을 때, 정치적·종교적·도덕적 개혁은 그들의 천재적 주장으로부터 시작된다.

『광인일기』의 광인狂人과 같은 현실 인식이 광기狂氣의 소산이지만 음미해볼 만한 것도, 『아큐정전』의 아큐가 보여주는 정신승리법이 현실의 인간을 되비추는 것으로 보이는 것도, 광기나 어리석은 행동에 내재된 순수하고 천재적인 자기 인식 때문이다. 물론 웨이좡에서의 아큐의 싸움과 일기 형식으로밖에는 기술될 수 없는 광인의 일면 천재적 사유는 현실공간에서는 항상 패배할 운명에 처해 있다.

그래서 루쉰은 혁명을 진행하는 신식 지식인의 위선적 행위마저 형상화하고 있는 것이다.

요 며칠 사이에 성안을 다녀온 사람들은 그 가짜 양놈 한 사람밖에 없었다. 자오 수재도 옷상자를 맡아준 인연을 믿고 직접 거인 나리를 방문할 셈이었으나 단발의 위험 때문에 중지하고 말았다. '아주 정중한' 편지를 한 통 써서 가짜 양놈에게 부탁하여 성안으로 보내고 아울러 신정부의 자유당에 입당할 수 있도록 소개해 줄 것을 부탁했다. 가짜 양놈은 돌아와서 수재에게 은화 4원을 내놓으라고 했다. 그 뒤로부터 수재는 복숭아처럼 생긴 은배지를 저고리옷깃에 달게 되었다 139쪽.

소위 외국물을 먹은 신식 지식인이 혁명을 통해 단지 개인의 출세만을 꾀하는 모습을 어떻게 바라봐야 할까? 혁명 역시 권력이나 부를 획득하는 수단에 불과하다는 것일까? 중국에서의 혁명은 허울뿐이라는 것일까?

이 부분에서 루쉰이 말하고 싶었던 것은 혁명의 진위성眞僞性일 것이다. 당시 중국에는 중국적 가치를 내세우면서 위기를 타파하려는 국수주의자國粹主義者도 많았으며, 전통과 단절하고 새로운 가치를 통해 위기를 헤쳐 나가려는 급진적 지식인도 많았다. 새로운 가치를 주장하는 사람들 가운데는 첸 나리의 큰아들처럼 허울뿐인 혁명을 입에 담는 사람도 있었다. 그들은 혁명을 외치며 자신의 이익을 우선시하는 경우가 많았다. 루쉰은 그렇게 허울뿐인 혁명을 외치는 사람들을 투기꾼보다 못한 사람이라고 말한다. 허울뿐인 혁명을 외치는 자들로 인해 진정한 혁명을 추구했던 루쉰과 같은 지식인들이 '가짜 양놈'이나 '외국놈의 앞잡이'라는 대중의 시선으로부터 자유롭지 못했다. 루쉰은 구舊 세력과 싸움을 벌여야 하는 한편으로, 신新 세력의 위선과도 싸움을 벌여야 했다.

『아큐정전』에 등장하는 인물은 대부분 전통 관념을 대표한다. 첸 나리의 큰아들만이 유일하게 새로운 세계관을 갖고 있다. 그러나 그의 세계관은 겉모습만 바뀐 것일 뿐, 중국사회의 변혁을 위해서는 여전히 제거되어야 할 대상이다. 이렇게 본다면, 『아큐정전』에서 루쉰이 긍정적으로 서술하고 있는 인물은 하나도 없다. 아큐를 비롯한 『아큐정전』의 인물 모두가 국민성 개조라는 루쉰의 문학적 이상을 실현하기 위해서는 사라져야 할 대상인 것이다.

루쉰의 문학적 이상인 국민성 개조를 위해서는 궁극적으로 연극이 상연되는 무대, 즉 중국이라는 공간 자체를 없애야 하는 것일까?

4. 아큐가 본 중국, 루쉰이 본 중국

중국 대륙의 대다수 연구자는 아큐가 신해혁명 시기의 중국 농민을 대표한다고 말한다. 그런데 작품을 읽다보면, 아큐는 오랜 시간 동안 중국 문명을 일궈온 중국인, 나아가 인간의 한 모습을 대변할지도 모른다는 의심을 품게 된다. 본 절에서는 이런 의심을 해결하기 위해 아큐와 루쉰이 본 중국인과 중국의 이미지에 대해 논의할 것이다.

우선 「『아큐정전』의 유래」라는 글에서 한 단락을 인용해 보자.

이전에 나는 묘사를 지나치게 한 부분이 많다고 생각했는데, 근래에는 오히려 그렇게 생각하지 않게 되었다. 중국의 현재 상황에 대해 설령 사실대로 묘사하더라도 다른 나라 사람들, 또는 장래의 선량한 중국 사람들이 보기에는 모두 그로테스크하다고 느낄 것이다. 나는 늘 어떤 일을 공상하면 그것이 너무 엉뚱한 것이 아닌가 스스로 생각했다. 그러나 만일 그와 비슷한 실재 사실과 마주치면 종종 그것이 오히려 더 엉뚱하게 보였다. 그러한 실재 사실이 발생하기 이전에는 내 천박하고 좁은 식견으로써는 도저히 상상할 수 없었던 것이다 루쉰전집3권, 380쪽.

대다수 연구자가 인정하듯, 『아큐정전』은 굴욕감과 패배감을 약자에게 전가하고 자기만족에 빠지는 아큐의 정신승리법을 묘사하고 있다. 이는 작품의 가장 기본적인 얼개라고 할 수 있지만, 이것만으로는 루쉰의 의도를 제대로 파악했다고 보기 어렵다. 궁극적으로 루쉰은 작품을 통해 중국인의 국민성을 비판하는 동시에 민중이 변하지 않는 한 중국의 변화는 불가능함을 토로한다. 인용에서도 루쉰은 분명 중국의 현재 상황을 사실대로 묘사하려 했다고 말한다. 그가 염려하는 부분은 그러한 사실 묘사가 다른 나라 사람이나 장래의 중국인이 보기에는 그로테스크하게 느껴질 수도 있다는 것이다.

독자가 느끼는 『아큐정전』의 그로테스크함이나 불편함은 그것이 사실이기 때문이다. 그것도 루쉰이 과도할 정도로 묘사한 것이 아닐까 하고 의심을 품은 사실에 대한 기록이기 때문이다. 더 중요한 언급은 루쉰이 관찰하고 기록한 중국의 실재 현실은 『아큐정전』에 묘사된 것보다 더 그로테스크하며, 실재 사실이 발생하기 전에는 엉뚱한 공상을 즐긴 루쉰도 상상할 수 없는 경우가 많았다는 점이다.

사실은 공상보다 더욱 그로테스크하며, 어떤 경우에는 잔인하기까지 하다. 아큐와 같은 형상의 창조를 위해 요모조모 중국인을 관찰해온 루쉰에게도 일상의 삶은 공상보다 더욱 엉뚱하거나 잔인한 경우가 빈번하다. 루쉰은 그런 일상의 삶을 다양한 형식의 글로 기록했다. 그렇게 기록된 글을 사람들은 풍자諷刺라고 부른다. 대다수가 아큐를 신해혁명 시기 중국농민의 전형이라고 말하며, 『아큐정전』의 문학적 성취를 풍자에서 찾는 것처럼.

루쉰이 말하는 풍자의 의미를 되새겨보면, 그가 말하는 공상과 사실의 관계, 나아가 풍자와 문학행위의 관계까지 유추해볼 수 있다.

'풍자'의 생명은 진실이다. 이미 있었던 실제 사건일 필요는 없지만, 반드시 있을 법한 사실이어야 한다. … 풍자가 기록하는 것은 공공연하고, 흔히 볼 수 있는 일로, 평소에는 누구도 기이하게 여기지 않아 아무도 개의치 않는 일이다. 그러나 이 일은 그때 이미 불합리하고 가소로우며, 비루한 것이며, 심지어는 가증스럽기까지 한 것이다. 그런데 그럭저럭 실행되고 습관이 되다 보니, 수많은 대중 가운데 누구도 이상함을 느끼지 않게 되는 것인데, 이제 와서 특별히 취급하자 사람들에게 충격을 주게 되는 것이다「풍자란 무엇인가—문학사의 물음에 답하며」, 루쉰전집6권, 328쪽.

풍자는 누구에게나 불합리하고 가소로우며, 비루하고 심지어 가증스럽기까지 한 일이 매우 빈번히, 그것도 공공연히 발생해 누구도 기이하게 여기지 않거나 아무도 개의치 않는 일을 있는 그대로 그려내는 행위이다. 이를 확장하면 문학행위 자체와도 연결된다. 문학행위는 공공연하고, 흔히 볼 수 있는 일이기 때문에 평소에는 누구도 대수롭지 않게 여기는 일을 특별히 취급함으로써 일상의 언어에 문학성을 부여하는 행위이지 않는가?

문학작품이란 우리 주변에서 발생하는 작은 사건들이 작

가의 영감으로 새로운 언어를 획득하여 독자에게 주어지는 것에 불과하다. 인용에서도 말하는 것처럼, 문학작품은 실제 사건일 필요는 없지만 반드시 있을 법한 사실을 다룬다. 실제 사건이더라도 작가에 의해 가공되어야만 작품이라는 평가를 받을 수 있다. 또 작가의 공상이나 기이한 소문, 괴현상 등이 작품에 기록될 수도 있지만, 그럴 경우 개연성이 부족하다는 평가를 받기 쉽다. 이런 정황들을 고려해보면, 『아큐정전』과 같은 경전적經典的 가치를 인정받는 작품은 현실적 개연성이 상당히 크다고 봐야 한다. 다시 말해 『아큐정전』은 20세기 초 중국 농촌과 농민에 대한 풍자이지만, 그것은 일정 정도 사실성을 담보하고 있는 것이다.

이와 같은 측면에서 아큐는 중국인의 다수를 점했던 하층 농민만을 가리키는 것이 아닐지도 모른다. 루쉰이 관찰하여 형상화해낸 아큐는 중국 도시의 서민, 그 자신을 포함한 지식인의 허울과 나약한 국민성을 비판적으로 조명한 결과일 것이다. 다시 한 번 말하지만 『아큐정전』은 루쉰 "자신이 관찰한 바에 근거하여 어설프나마 내 눈으로 본 중국 사람의 모습을 써본"[러시아어 번역본 『아큐정전』의 서언 및 저자 약전」, 루쉰전집7권, 82쪽 것이다.

중국인의 정신세계와 관련하여 루쉰이 포착해낸 가장 큰 특징은 '구경꾼 심리'이다. '아큐는 본래 구경하는 것을 좋아하고 참견하기도 좋아하는' 인물이다. 혁명이 일어나고 일군의 사람들이 자오 나리 집을 약탈하는 장면에서 이를 확인할 수 있다.

아큐는 본래 구경하는 것을 좋아하고 참견하기도 좋아했으므로 곧장 어둠 속으로 달려갔다. 앞쪽에서 사람의 발자국 소리가 들리는 것 같았다. 귀를 기울이고 있는데 갑자기 한 사나이가 맞은편에서 도망쳐 나왔다. 아큐는 그것을 보자마자 재빨리 몸을 돌려 함께 도망쳤다. 그 사내가 멈춰 섰다. 아큐도 멈추었다. 뒤를 돌아보았지만 아무도 없었다. 자세히 보니 그 사내는 소D였다.

…

아큐의 심장은 쿵쿵 뛰었다. 소D는 말을 마치자마자 가버렸다. 아큐는 도망가다가 두세 번 멈췄다. 그러나 그는 뭐라 해도 '이런 장사'를 해봤던 사람이어서 의외로 간이 컸다. 그래서 그는 길모퉁이에서 기어 나와 가만히 귀를 기울였다. 시끌시끌한 것 같았다. 다시 자세히 살펴보았다. 흰 투구와 흰 갑옷을 입은 사람들이 잇달아 옷상자며, 가구, 수재 마누라의 영파 침대까지 꺼내가는 것 같았다. 확실하게 보이지 않아 좀 더 앞으로 나아가서 보려 했으나 두 발이 움직이지 않았다142쪽.

이 한 번의 구경, 혹은 훔쳐보기로 인해 아큐는 황당한 죽음을 당한다. 아큐를 죽음에 이르게 한 근본적인 원인은 지나치게 구경거리에 몰두했다는 점이다. 소D처럼 적당한 선에서 멈췄다면, 본보기로 죽게 되지는 않았을 것이다. 그러나 도둑질을 해본 아큐, 그래서 간이 커진 아큐가 그런 흥미로운 구경거리를 놓칠 수 있겠는가! 구경거리에 심취한 아큐는 결국 자신의 죽음을 다른 사람들의 구경거리로 만든다. 형장 쪽으로 곧장 가지 않고 길을 돌아가는, 소위 조리돌림을 당하는 것이다. 더 재미있는 것은 아큐의 처형을 둘러싼 성안 사람들의 여론이다.

그러나 성안의 여론은 오히려 좋지 않았다. 그들 대부분은 불만이었다. 총살은 목을 베는 것보다 재미가 없으며 더구나 어떻게 되먹었는지 웃기는 사형수라는 것이었다. 그렇게 오래도록 거리를 끌려 돌아다니면서 끝내 노래 한 자리 못 부르다니. 그들은 공연히 따라다니느라 헛걸음만 했다는 것이었다151쪽.

『아큐정전』은 구경하기 좋아하는 중국인의 이미지를 묘사하기 위해 심혈을 기울인다. 그런 묘사가 『아큐정전』에만 국한된 것도 아니다. 센다이에서 의학을 공부하면서 우연히 보게 된 슬라이드 이후, 문예를 통한 국민성 개조를 도모했던 루쉰의 수많은 작품에 방관자 형상이 그려진다. 중국인의 방관자적 면모와 국민성 개조를 위해서라면 그들의 적극적인 참여가 필요한 모순적인 현실을 루쉰은 어떻게 받아들였을까? 이에 대한 명확한 해석은 불가능하다. 국민성 개조의 동력을 그들에게서 찾아야 하면서도 그들의 방관자적 형상에 끊임없이 좌절하는 루쉰의 모습을 쉽게 발견할 수 있기 때문이다.

먼저 루쉰의 눈에 비친 중국인의 방관자적 이미지에 대해 언급해보자. 루쉰은 "군중, 특히 중국의 경우는 영원히 연극의 관객"일 뿐이라고 말한다. "그러한 군중에 대해서는 구제책이 없음을 잘 알고 있다. 차라리 그들이 볼 수 있는 연극을 없애 버리는 것이 도리어 근본적인 치료책"이라고 말하기도 한다. 중국인은 "어떤 사람이든 일단 맹장이 되면 '맹猛'의 크고 작음을 불문하고"「구사잡감扣絲雜感」, 그 사람을 둘러싸고 구경하기 바쁘다. 그가 진정한 영웅이든 평범한 사람이든 개의치 않고 구경거리가 생기면 구름처럼 달려든다. "그 결과, 안으로는 맹장을 차츰 아둔한 사람으로 변화시켜 괴뢰에 가깝도록 만들고, 밖으로는 다른 사람들이 맹장의 진상이 아니라 포위자를 통하여 굴절된 환영을 보게 만들어 버린다"「구사잡감」, 루쉰전집3권, 486쪽. 영원히 연극의 관객인 그들에 의해 선각자는 죽임을 당하고, 맹장의 형상은 왜곡된다. 그리고 또 이들로 인해 권력자의 손에 묻은 선각자의 피도 말끔히 씻겨나간다.

대중의 장기長技는 "대세가 옳다고 하면 옳은 것으로 여기고, 다수의 힘으로 천하를 지배하고 특별한 사람을 억압

하는 것"「문화편지론」, 루쉰전집1권, 48쪽을 당연하게 여기는 것이다. 이렇게 "어리석고 약한 국민은 체격이 아무리 건장하고 튼튼하다 하더라도, 또 아무리 장수한다고 할지라도 결국엔 하잘것없는 본보기의 재료나 관객밖에 될 수 없다"「「외침」자서, 루쉰전집1권, 417쪽. 제3자의 위치에서 수수방관하는 중국인에 대한 루쉰의 좌절감은 이루 말할 수 없다. 「공산당 색출의 풍경」이라는 루쉰의 잡문에 실린 신문 기사 내용을 인용해 보자.

이날 집행이 끝난 뒤, 馬(淑純 16세, 志純 14세) 씨와 傅(鳳君 24세) 씨 등 세 명의 죄수가 여성이었기 때문에 도시의 남녀 구경꾼들이 종일토록 인산인해를 이루어 꼼짝달싹 못할 만큼 혼잡했다. 게다가 공산당 괴수 곽량郭亮의 수급이 사문구司門口에 효수됨으로써 구경꾼이 훨씬 많아졌다. 사문구 팔각정 일대는 그 때문에 교통이 두절되었다. 남문南門 일대의 민중은 곽량의 수급을 구경한 다음 다시 교육회教育會로 가서 여자 시체를 구경했다. 북문北門 일대의 민중은 교육회에서 여자 시체를 구경한 다음 다시 사문구로 가서 곽의 수급을 구경했다. 온 도시가 어수선했으며 공산당 색출의 분위기가 높아졌다. 저녁 무렵이 되어서야 구경꾼이 낮만큼 붐비지 않게 되었다「공산당 색출의 풍경」, 루쉰전집4권, 106쪽.

용맹한 장군의 죽음도 구경꾼들에 의해 진실이 묻혀버리니, 아큐와 같은 인물이야 오죽할까? 아큐의 죽음과 관련된 진실은 아무런 의미가 없다. 사람들이 관심을 갖는 것은 처형 과정에서 어떤 극적인 연출이 행해지는가 하는 것뿐이다. 아큐의 처형이 사람들의 불만을 야기한 이유는 그럴싸한 볼거리가 제공되지 않았기 때문이다. 반면 공산당의 괴수와 여성 죄수 세 명의 처형은 교통을 두절시킬 만큼 사람들의 관심을 끈다.

이와 같은 중국인과 루쉰의 관계에 대해 일본의 저명한 루쉰 연구자 마루야마 노보루丸山昇는 루쉰에게 인간과 인간 사이의 관계란 근본적으로 추악한 것이었다고 말한다. 마루야마는 그 양상을 민중의 불행을 구제하고자 싸우다가 체포된 혁명가의 처형을 민중이 더없는 구경거리로 삼는 관계, 또는 민중의 한 사람인 아큐가 처형되는 것을 구경하며 즐기는 관계 등으로 표현한다.

구경하기 좋아하는 중국인의 심리는 서양 사회에도 유명했던 듯하다. 앙드레 말로가 쓴 서간체 형식의 에세이 『서양의 유혹 — 동양의 제안들』김웅권 옮김, 동문선, 2005, 18쪽이라는 책에서 확인할 수 있다. 말로는 링이라는 중국인 화자를 통해 다음과 같이 말한다. "우리는 우리의 뇌를 자신의 놀이, 즉 세계의 끊임없는 변화를 관람하는 관객으로만 삼고자 합니다." 말로의 책에 기술된 내용은 제1차 세계대전 이후 나타난 유럽사회의 정신적 위기를 동양의 철학적 전통을 통해 보완하고자 하는 바이지만, 앞선 인용은 말로가 중국인의 정신세계를 잘 포착하고 있음을 보여준다.

희생양과 이를 구경거리로만 바라보는 군중의 관계는 루쉰이 다양한 방식으로 형상화하고자 했던 문학적 주제이다. 루쉰 사후 문단에 조성된 일시적인 평온에서도 이를 찾아볼 수 있다. 루쉰의 문학 생애는 시종일관 논쟁으로 지속되었다. 그런데 그의 관棺 위에 놓인 '민족혼民族魂'이라는 수식어와 함께 문단은 침묵에 잠긴다. 그 침묵은 소피스트에 의해 죽임을 당한 소크라테스의 죽음 이후 찾아든 그리스

사회의 평온과 유사하다. 거기에서 중우衆愚정치가 가져온 평화와 같은 것, 루쉰의 언어로 표현하면 우민愚民의 전제專制가 가져온 평화와 같은 것을 발견할 수 있다.

대다수 중국인에게 용맹한 장군이나 심지어 루쉰과 같은 사람의 죽음은 제사상을 감상한 후 고기 한 점을 얻어먹을 수 있다는 정도의 의미밖에 없다. 루쉰은 이를 두고 "무릇 희생자가 제단 앞에 피를 뿌린 후, 사람들에게 남겨주는 것은 '제사상의 고기를 나눠주는' 일 한 가지"「작은 것에서 큰 것을 보다」, 루쉰전집1권, 407쪽일 뿐이라고 표현한다. 그리고 제사상의 고기 조각을 들고 좋아하는 군중은 "모두가 천천히 죽어가면서도 이것이야말로 도리를 지키는 데 효과가 있으며, 올바른 생활인에 가까워지는 것으로"「갑자기 떠오른 생각」, 루쉰전집3권, 43쪽 여긴다며 중국인의 내면심리를 들춰낸다.

중국인에 대한 루쉰의 좌절감은 깊이를 헤아릴 수 없다. 그래서 루쉰은 중국의 대중은 "노예 생활을 감수하면서 일하는 것을 다소 즐겁게 여기는, 비분을 상실한 노예일 뿐이다"「새해를 맞이하여」, 루쉰전집5권, 440쪽라고 말한다. 다른 사람의 불행이나 잔인한 살인도 그들에게는 한바탕 구경거리에 불과하다. 그럼에도 루쉰의 희망, 즉 국민성 개조는 그런 중국인에게서 동력을 찾아야 한다. 루쉰은 대중의 몽매함, 무감각에 좌절하면서도, 몽매하고 감각이 사장된 객체적 존재인 그들에게서 다시 자신의 희망을 찾을 수밖에 없다.

대중에 대해서 말하자면 그 범위는 한없이 넓은데 그중에는 각양각색의 사람이 포함되어 있지만, 설령 '낫 놓고 기역자도 모르는' 문맹이라 하더라도 내가 보기에는 지식인이 생각하는 것만큼 어리석지 않은 것 같다. 그들은 지식, 새로운 지식을 원하고 학습하고자 하며, 능히 섭취할 수 있다. 말끝마다 새로운 문법, 새로운 명사라면 당연히 그들은 아무것도 이해하지 못한다. 그러나 차츰 필요한 것을 찾아 주입한다면, 그들은 받아들일 수 있을 것이다. 그 소화력이란 고정관념이 훨씬 많은 지식인보다 좋을 것이다「문외문담門外文談」, 루쉰전집6권, 101쪽.

대부분의 경우 대중은 관객에 불과하지만, 연극이 공연되는 무대를 뒤집을 힘을 가지고 있기도 하다. 각성한 소수와 적대적인 관계를 형성하기도 하지만, 그런 대중의 부재는 각성한 소수에게는 순수한 절망이다. 각성한 소수의 존재 근거는 어디까지나 그들을 지속적으로 좌절시키는 대중의 존재에 있다. 루쉰은 잔혹을 오락거리로 삼거나 다른 사람의 고통을 위안거리로 삼는 대중과 운명적으로 엮일 수밖에 없다. 루쉰이 그들의 각성을 촉구할 수밖에 없는 것은 그들이야말로 자신의 유일한 희망이기 때문이다. 이와 같은 역설적 인식을 통해 루쉰은 자신의 희망, 즉 문예를 통한 국민성 개조라는 꿈을 유지해나갈 수 있었다.

루쉰의 문학적 사유의 깊이와 『아큐정전』의 그로테스크함, 양자가 야기하는 독자의 불편함이라는 세 가지가 최고조로 부각되는 부분은 구경꾼들의 시선을 먹잇감을 찾는 굶주린 늑대에 비유한 부분이다.

그 순간 또 한 가지 생각이 회오리바람처럼 머릿속에서 소용
돌이쳤다. 사 년 전, 그는 산기슭에서 굶주린 늑대 한 마리를
만났었다. 늑대는 가까이 오지도 않고 멀리 떨어지지도 않
은 채 어디까지고 그의 뒤를 따라와 그의 고기를 먹으려고

했다. 그는 그때 무서워서 거의 죽을 것 같았다. 다행히 손에 도끼 한 자루를 들고 있었으므로 그것을 믿고 담이 세져 간신히 웨이좡까지 이르렀다. 그러나 그 늑대의 눈알은 영원히 기억에 남았다. 그것은 흉측하고도 무서웠으며 반짝반짝 빛나는 도깨비불처럼 두 눈이 멀리서도 그의 육체를 꿰뚫을 것만 같았다. 그런데 이번에 또 그는 여태껏 보지 못했던 더욱 두려운 눈을 본 것이다. 그것은 둔하고 또 날카로워 벌써 그의 말을 씹어 먹었을 뿐만 아니라 그의 육체 이외의 무엇인가를 씹어 먹으려는 듯 언제까지고 멀지도 가깝지도 않게 그의 뒤를 따라오는 것이었다 149-150쪽.

아큐가 소D나 비구니를 업신여기는 장면이나 자오 나리에게 얻어맞는 장면, 혁명에 참가하려다 거부되는 장면, 형장의 이슬로 사라지는 장면은 작품의 해학성과 아큐의 어리석음을 배가시키는 역할을 한다. 다시 말해 그런 장면들은 아큐 자신의 행동과 직·간접적으로 연관되어 작품의 주제인 '정신승리법'을 이끌어내는 장치이다. 그러나 인용 부분은 아큐를 둘러싼 구경꾼, 즉 중국인의 면모를 다루고 있다는 점에서 독자의 불편을 야기한다. 진실을 도외시한 채, 오로지 한순간의 즐거움을 찾는 구경꾼의 모습에서 늑대의 살기를 느끼는 루쉰의 감각은 대다수 독자에게 그로테스크하게 느껴질 수밖에 없다.

이 부분에서 독자는 자신 역시 아큐를 죽음으로 이끌고 있지는 않을까 하는 의심을 품게 된다. 독자 역시 『아큐정전』을 둘러싸고 있는 구경꾼일 수밖에 없기 때문이다. 루쉰은 독자의 안일함, 다시 말해 아큐와 중국인의 정신세계를 혐오스런 눈으로 바라보는 독자의 비판적 독서를 멈추게 한다. 그리고 독자를 자기 자신에 대한 분석으로 유도한다. 부조리한 현실에 맞서 행동하지 않는 독자는 제아무리 양심적이고 동정적이라고 해도 결국 살인자임을 천명하는 것이다.

이렇게 루쉰이 『아큐정전』을 통해 그려낸 중국인의 정신세계는 우리 자신과도 연결된다. 『아큐정전』은 20세기 초의 중국인이 아니라 현재, 나아가 미래에도 있을 인간의 나약함을 심층적으로 탐사하고 있다. 아래 인용의 도스토옙스키를 루쉰으로 바꿔 읽으면, 루쉰의 문학이 담고 있는 깊이를 유추할 수 있을 것이다.

또 하나가 도스토옙스키였다. 그가 24세 때에 쓴 『가난한 사람』을 읽으면 벌써 그 노년과도 같은 적막에 놀라게 된다. 나중에 가서는 그가 마침내 중죄인이 되고 동시에 잔혹한 고문관이 되어 나타난다. 그는 소설 속의 남녀 인물들을 여러 가지 견딜 수 없는 상황에 놓아두고 그들을 시험해 보는데, 겉으로 보이는 결백을 벗겨낸 후, 숨겨져 있는 죄악을 고문하여 드러낼 뿐 아니라, 그 죄악 밑에 숨겨져 있는 참된 결백함까지 고문으로 들춰내 버린다. 거기에다 시원스럽게 죽이지 않고 될 수 있는 한 오래 살려둔다. 그리고 도스토옙스키 자신은 그 죄인들과 함께 괴로워하고 고문관과 함께 즐거워하는 듯하였다. 그것은 결코 보통 사람이 할 수 있는 일이 아니며, 말하자면, 위대하기에 가능한 것이다. 그러나 나는 그 책을 읽지 말까 생각했었다「도스토옙스키에 대해 — 일본 삼립서방의 「도스토옙스키 전집」 보급본을 위해 씀」, 루쉰전집6권, 411쪽.

도스토옙스키의 작품 『가난한 사람』에 대한 루쉰의 평가는 그 자신에 대한 평가로도 적합하다. 루쉰의 문학이 바로 인간에게 숨겨져 있는 죄악을 고문하여 드러내고, 나아가 죄악 밑에 감추어진 참된 결백함까지 들춰내기 때문이다. 도스토옙스키가 그런 것처럼, 루쉰 자신이 중죄인이자 동시에 잔혹한 고문관이 되어 자신의 죄와 결백을 고백함으로써, 죄인들의 죄악과 결백까지 동시에 밝혀내고 있기 때문이다.

그런데 루쉰은 도스토옙스키의 글에서 노년과도 같은 적막을 느낀다. 이 적막은 자신의 문학행위 역시 도스토옙스키가 느낀 것과 같은 적막 가운데 이루어질 수밖에 없으며, 작품에 대한 반향 역시 적막이라는 운명적 자각일 것이다. 이 자각은 영혼의 심연을 탐색하려는 자가 부딪힐 수밖에 없는 운명적 고독을 기꺼이 자신의 몫으로 받아들이려는 의지의 표명은 아니었을까?

5. 아큐의 혁명과 중국혁명

20세기 중국을 특징짓는 어휘로 혁명만큼 적절한 것도

없다. 1840년에 시작된 아편전쟁부터 1949년 중화인민공화국의 수립까지 100여 년 동안 중국인은 몰락해가는 청 제국을 대체하고 새로운 국가 건설을 위해 온갖 노력을 다 했다. 그 결과물이 변법자강운동, 의화단운동, 신해혁명, 5·4신문화운동, 1949년의 사회주의혁명, 덩샤오핑이 주도한 개혁개방혁명 등과 같은 일련의 굵직굵직한 역사적 사건들이었다.

1881년에 태어난 루쉰의 삶은 그러한 중국 근현대의 혼란기를 관통하고 있다. 권력 다툼을 벌이는 군벌들, 서구 제국주의 국가들이 벌이는 이권 침탈, 정치적 반대자에 대한 테러 등은 중국인을 불안에 떨게 하고, 중국의 미래를 어둡게 만들었다. 아큐와 같은 최하층민의 삶은 하루하루 연명하기에도 버거울 지경이었다. 루쉰이 말한 것처럼, 살아가기에도 버거운 시기였다.

이러한 상황에서 각성한 지식인들은 새로운 국가와 제도의 수립을 통해 중국의 갱신을 도모했다. 작품의 시대적 배경인 신해혁명은 그와 같은 시대적 산통의 결과물이었다. 신해혁명은 쑨원孫文을 중심으로 한 진보적 지식인들이 봉건체제를 무너뜨리고 공화체제를 수립하기 위해 일으킨 무장혁명이었다. 그러나 신해혁명은 루쉰의 기대를 충족시키지 못했다. 『아큐정전』에 묘사된 것처럼, 신해혁명은 옛것은 그대로 두고 이름만 바꾸었을 뿐이다.

> 들리는 바로는 혁명당이 성안으로 들어오긴 했으나 별로 크게 달라진 것은 없었다. 현장縣長 나리는 그대로 있고 뭐라고 명칭만 고쳤다는 것이었다. 그리고 거인 나리도 무슨 —이러한 명칭은 웨이좡 사람들은 들어도 잘 모른다— 관직을 맡았다고 한다. 군대의 책임자도 역시 예전의 늙은 부대장이 맡고 있다고 했다137쪽.

혁명에 대한 루쉰의 비극적 인식은 거시적인 관점에서 중국의 역사를 바라보는 자신의 견해와 일치된다. 루쉰은 중국의 역사를 두 시기로 나누는데, 안정적으로 노예가 될 수 있었던 때와 그것마저도 될 수 없었던 시기이다. 전자는 노예의 규칙이 제정되었던 시기, 즉 왕조 체제가 갖추어진 시기를 말한다. 후자는 노예의 규칙마저 없는 시기, 즉 왕조 교체기의 혼란기를 가리킨다. 루쉰은 중국의 역사를 보며 이 두 시기가 교대로 나타났다고 말한다. 루쉰이 살았던 시기는 왕조가 교체되는 혼란기, 즉 노예의 규칙마저 제정되지 않은 시기였다.

이러한 인식은 루쉰 자신의 경험에서 비롯된 면이 크다. 쑨원이 주도한 신해혁명에 희망을 품고 루쉰은 베이징으로 올라가 교육부에서 근무한다. 그러나 얼마 되지 않아 위안스카이나 장쉰張勳 등에 의해 혁명은 좌절된다. 이후 쑨원이 다시 북벌을 단행하지만 그의 죽음으로 실패한다. 신해혁명에 희망을 걸었던 루쉰의 좌절감은 말할 수 없이 컸다.

그래서 루쉰은 「『아큐정전』의 유래」라는 글에서 다음과 같이 쓰고 있다. "민국 원년은 이미 지나갔으므로 뒤쫓을 수도 없지만, 이후로 만일 다시 개혁이 일어난다면 여전히 아큐와 같은 혁명당이 출현할 것이라고 나는 확신한다. 나도 사람들이 말하는 것처럼 내가 단지 현재 이전의 어느 한 시기를 써낸 것이기를 진심으로 바란다. 그러나 내가 본 것은 결코 현대의 전신前身이 아니라 이후의 일, 아니 이삼십 년 뒤의 일이 아닐까 한다"루쉰전집3권, 379쪽.

이와 같은 루쉰의 인식은 혁명을 대하는 아큐의 태도에서 명확하게 드러난다.

아큐의 귀에도 혁명당이라는 말은 벌써부터 들려오던 터였다. 금년에는 혁명당원이 살해되는 걸 제 눈으로 보기도 했다. 그러나 그는 어디서 얻은 생각인지는 몰라도 혁명당이란 바로 반란을 일삼는 무리들이며 반란은 그에게 고난을 가져온다고 여겼으므로 줄곧 '몹시 증오'했다. 헌데 뜻밖에도 백리 사방에 그 이름을 떨치는 거인 나리까지도 그토록 두려워한다니 그로서는 '신명'이 나지 않을 수 없었다. 게다가 웨이쫭의 어중이떠중이가 당황해 하는 모습을 보노라면 아큐는 더욱 유쾌해지는 것이었다.

'혁명이란 것도 괜찮구나.'

하고 아큐는 생각했다132쪽.

아큐에게 혁명이란 그저 신명나는 놀이마당이자 구경거리일 뿐이다. 쓸 돈도 궁색해진 상태에다 거인 나리까지 두려워하는 모습을 보며 아큐는 한여름에 얼음물을 마신 듯한 시원함을 느낀다. 아큐에게 혁명은 탐나는 것이면 무엇이든 자기 것으로 만들 수 있는 방편이다. 그런 혁명이기에 신해혁명은 아무것도 바꾸어놓지 못했다. 직제나 명칭은 변했을지 모르지만, 실질은 과거와 동일하다. 여전히 대다수 중국인은 노예의 삶을 살 수밖에 없다. 신해혁명은 노예의 규칙마저도 새롭게 제정하지 못했다.

루쉰은 신해혁명은 아큐와 같은 혁명당의 출현과 소멸에 불과할 뿐이라고 말한다. 향후 일어날지도 모를 혁명 역시 그러할 것이며, 루쉰이 두려워하는 것도 바로 그런 혁명이다. 대다수 사람은 아큐의 혁명이 과거에 국한된 것이라고 말한다. 대다수 중국인은 혁명을 통해 새로워졌으며, 새로운 미래를 향해 전진하게 되었다고 믿는다. 그러나 그것은 겉모습만 바뀌었을 뿐이다. 지배층과 그들의 지배전략만 바뀌었을 뿐 중국인의 오랜 전통이나 관습은 여전히 위세를 떨치고 있다. 그 안에서 루쉰이 본 것은 미래의 혁명도 마찬가지일 것이라는 점이다.

분명 『아큐정전』은 허구에 불과하다. 그럼에도 끊임없이 역사에 관여한다. 이유는 간단하다. "중국이 만일 혁명하지 않으면 아큐도 혁명당이 되지 않고, 혁명하는 한 혁명당이 될 것"「「아큐정전」의 유래」, 루쉰전집3권, 379쪽이기 때문이다. 20세기 중국은 다양한 형식의 혁명을 진행했다. 정치적·경제적·문화적 혁명이 진행되는 가운데 대다수 중국인은 의식적으로든, 무의식적으로든 거기에 참여했다.

사회의 체질 변화나 위기 극복을 위한 수단으로 혁명은 필수적이다. 혁명이 필수적이기 때문에 누구든 혁명의 물결에 휩쓸리지 않을 수 없다. 문제는 사회의 변화와 발전을 위한 혁명에 개인이 얼마만큼 자각적으로 참여하는가이다. 또 혁명을 이끄는 자들이 얼마만큼 개인의 자발적 참여를 이끌어내는가에 따라 혁명의 성패가 좌우되기 마련이다. 아큐의 혁명이 지속적으로 현재와의 대화를 이끌어내는 것은 이런 이유 때문이다.

현재의 중국에서 진행되고 있는 다양한 실험, 예를 들어 시장개혁, 정치적 실험, 사회제도 개혁 등에 휩쓸리지 않을 중국인이 얼마나 있을까? 그들 역시 아큐처럼 목적 없이, 대세에 따라, 별다른 자각 없이 혁명을 하고 있지 않을까? 대약진운동에 참가하고, 문화대혁명 과정에서 홍위병紅衛兵

이 되고, 개혁개방에 따라 돈벌이에 몰두하는 중국인들 역시 '혁명이란 것도 괜찮구나'라고 생각하지 않을까? 그 결과는?

그러나 웨이좡에도 개혁이 없었다고 할 수는 없다. 며칠 후 변발을 머리 꼭대기로 둘둘 말아 올린 자들이 차츰 늘어났다. 이미 말했듯 가장 먼저 한 사람은 물론 수재 선생이었다. 다음은 자오쓰천과 자오바이옌이었고 아큐는 그다음이었다. 여름이라면 사람들이 변발을 머리 위에 틀어 올리거나 묶어도 별로 진기한 일은 아니다. 그러나 지금은 이미 가을도 깊었으므로, 이것은 '겨울에 삼베옷' 격이라 머리를 틀어 올리는 자들은 대단한 결단을 내린 것이라 하지 않을 수 없고, 웨이좡이 개혁과 무관했다고 할 수는 없는 것이었다138쪽.

E. H. 카는 '역사는 과거와 현재의 대화'라고 말했다. 이 언급에는 과거의 역사적 사건을 통해 현재를 조망하는 측면과 현재의 관점에서 끊임없이 과거를 재해석하는 행위가 포함될 것이다. 두 시각의 균형을 통해 역사는 비로소 평형

을 이루게 된다. 그러나 『아큐정전』에 대한 중국 대륙의 공식적인 평가는 후자에 치중되어 있다. 상대적으로 그럴듯하게 보이는 현재의 모습에 도취되어 과거 자신의 유치한 모습을 지우려는 것이다. 대다수는 우리가 이미 아큐와 결별했다고 주장한다. 그런데 현실을 꼼꼼하게 살펴보면 아큐와 같은 혁명이 지속되고 있다.

『아큐정전』에 묘사된 혁명은 거인 나리와 자오 나리 댁에 약간의 상처를 입혔을 뿐이다. 아큐의 죽음이 더욱 비극적인 건 혁명에 참가하는 그럴싸한 명목마저 없기 때문이다. 혁명을 통해 일부 사람들이 머리모양을 바꾸었을 뿐이라면, 아큐나 혁명가들의 희생은 어디에서 보답을 받아야 하는가? 그래서 루쉰은 혁명의 성공이란 있을 수 없으며, 끊임없이 움직여가는 것이 혁명이라고 말한다. 또 혁명은 현실의 일이기 때문에 현재에 안주하지 않아야 하며, 현상에 만족하지 않는 것은 모두 혁명이라고도 말한다.

희망은 존재에 기탁된 것으로, 존재가 있으면 곧 희망이 있는 것이며, 희망이 있다는 것이 광명이다. 역사가의 말이 허튼

소리가 아니라면 지구상의 사물 가운데 어둠으로 인해 오랫동안 생존한 예는 없다. 어둠은 단지 점차 사라져가는 것에 기탁될 수 있는 것으로, 한번 사라지면 어둠 역시 함께 사라지지 영원하지 않다. 하지만 미래는 영원히 존재하는 것이며 더불어 밝아지고자 한다. 어둠에 달라붙지 않고 광명을 위해 사라지기만 한다면, 반드시 우리에게 영원한 미래가 있을 것이며, 그것은 밝은 미래일 것이다 「대화의 기록」, 루쉰전집3권, 359쪽.

역사에 가정이란 있을 수 없다고 하지만, 중화인민공화국을 탄생시켰던 사회주의 혁명을 루쉰이 경험했다면 어떤 말을 했을까? 이제야 비로소 노예의 규칙이 제정된 혁명을 이끌어냈다고 하지는 않았을까?

이는 『아큐정전』에 대한 중국 대류의 공식적인 평가를 통해서도 유추할 수 있다. 중국의 대다수 연구자는 『아큐정전』의 주제를 신해혁명 시기 중국 농민의 우매함에 대한 비판이라고 말한다. 여기에는 고도의 이데올로기적 전략이 담겨 있다. 공산당이 이끈 사회주의 혁명을 통해 중국과 중국인은 면모를 일신하고, 새로운 사회를 향해 나아가게 되었다는 것이다.

이와 같은 이데올로기적 평가는 작품 읽기의 다양성을 해치고, 작품의 현재적 의의를 사장시켜 버린다. 승리자의 관점에서 역사 및 작품을 재단하는 것에 불과한 것이기 때문이다. 이 과정에서 루쉰이 본 신해혁명의 실질적인 면모는 사라진다. 남는 것은 껍데기뿐이다. 과거를 통해 아무것도 배우지 못하는 것이다. 아니 배우려 하지 않는다고 보는 것이 적절할 것이다.

『아큐정전』에 대한 중국 대륙의 공식적인 해석은 정보 제공 정도의 차원에 그칠 뿐, 생산적인 해석을 등한시한다. 『아큐정전』이 20세기 중국문학의 경전이라고 한다면, 그것은 시대와 장소, 해석자에 따라 다양한 의미를 갖기 마련이다. 이런 관점에서 프라센지트 두아라의 언급은 시사하는 바가 크다.

허구와 역사의 교차점에 위치한 루쉰의 『아큐정전』은 그의 세대와 그 이후 세대에게 중국 역사에 관한 가장 설득력 있는 서사였다. 필자는 비록 허구적 구성이지만 중국 근대사의 몇몇 사건들, 최소한 신해혁명을 『아큐정전』보다 더 뛰어나게 분석한 저술을 거의 찾아볼 수 없다. 『아큐정전』은 실패한 민족성의 우화로 근대 중국의 역사를 서술했는데, 그 자체로는 '역사'의 도정에서 크게 벗어난 기획은 아니었다. 그러나 허구라는 형태를 통해 루쉰은 끊임없이 전체화하려는 '역사'적 목소리의 독무대를 끊임없이 잠식하는 풍자나 낯설게 하기, 자조自嘲 등의 테크닉으로 작업해나갔다. 예컨대 일부 타입의 역사에 대한 날카로운 비판으로 잘 알려진 「머리말」은 지식인으로서 농민에게 자기 목소리를 전달할 수 있는 능력에 대한 루쉰 자신의 불안감을 반영하는 것으로 해석되기도 한다. 자각적이든 아니든 루쉰은 화자·작가의 권위를 잠식하는 테크닉, 명백한 과학이라고 상상하기 쉬운 학술적 '역사'가 실은 단순한 것임을 말해주는 테크닉을 개발했다

프라센지트 두아라 지음, 문명기·손승회 옮김, 「민족으로부터 역사를 구출하기 - 근대 중국의 새로운 해석」, 삼인, 2004, 78-79쪽.

뛰어난 작품은 역사적 시간을 예술적으로 보는 눈을 가지고 있다. 모든 예술작품이 그렇듯, 언어예술로서의 문학

은 끊임없이 역사를 현재화시키는 덕목을 갖추어야 한다. 역사의 알레고리화, 즉 역사적 시간의 징후들을 파악하여 살아남은 자들의 눈앞에 가져다주는 감각적 열림을 만들어 내야 하는 것이다. 『아큐정전』은 다양한 방식으로 20세기 초 중국인의 풍속과 사고방식에 반영된 역사적 침전물을 현재화시킨다. 그들의 활동과 자연적이든 인위적이든 그들이 만든 것들을 수면 위로 떠오르게 하는 역사적 시간의 징후들을 감각적으로 잡아내 제시하고 있다.

6. 아큐의 죽음과 중국의 부활

1949년 10월 1일 마오쩌둥이 천안문天安門 누각에 올라 중화인민공화국의 수립을 공식적으로 선포했다. 중국 대륙을 통일한 전략가이자 혁명가에게는 그다지 어울리지 않는 듯한 쉰 목소리에는 자부심과 자신감이 한껏 묻어났다. 이후 60여 년 동안 중국은 부흥의 기틀을 마련하기 위해 다양한 노력을 시도했으며, 그 결과 현재의 중국은 G2로 불릴 만큼 부활에 성공했다.

아편전쟁 이후 100여 년에 걸친 시련을 통해 더욱 단단해진 중국이 향후 어떤 면모를 보일지는 그 누구도 예상하지 못한다. 이는 분명 중국인들이 위기를 깨닫고 새로운 방향을 찾아 절치부심해온 결과이다. 이 과정에서 수많은 희생을 치렀다. 마오쩌둥이 올라선 천안문 누각은 분명 그 희생자들이 흘린 피와 땀의 결과물이다. 그 희생자 가운데는 아큐와 같은 정신승리법의 소유자도 있으며, 아큐의 정신승리법을 성공적으로 형상화해낸 루쉰도 있다. 과연 그 희생은 산 자들의 가슴에 묻힌 진정한 희생일까? 희생에 대한 자각적인 반성과 기억을 통해서만 중국은 더 건전한 발전을 꾀할 수 있을 것이다.

1926년 3월 18일 신축조약辛丑條約에 반대하여 시위를 벌이던 학생들을 향해 발포한 사건이 발생했다. 신축조약은 일본이 중국 내에서 자국의 이권 관철을 위해 반강제적으로 맺은 조약이었다. 이 사건의 희생자에 대한 루쉰의 글은 통절함을 넘어 전하는 메시지가 있다.

젊은이가 늙은이를 기념하는 글을 쓰는 것이 아니라, 지난

30년 동안 오히려 나는 수많은 젊은이의 피를 직접 목격하였다. 그 피가 층층이 쌓여 나는 숨도 제대로 못 쉴 정도다. 그래서 나는 이렇게 필묵을 놀려 이런 몇 마디 글을 써서 땅속으로부터 조그만 구멍 하나를 뚫어 간신히 세상을 연명하려고 하니, 이게 도대체 무슨 세상인가! 밤은 깊고 길도 머니 차라리 잊어버리고 말하지 않는 게 나을 것 같다. 그러나 나는 알고 있다. 설령 내가 아니더라도 장차 틀림없이 그들을 기억하고 그들을 이야기할 때가 있으리라는 것을「망각을 위한 기념」, 루쉰전집4권, 488쪽.

시간이 지나가면 사건은 잊힐 것이고, 거리는 예전의 태평을 회복할 것이다. 시간은 망각을 강요하기 마련이다. "삶에는 고통스러운 일이 많다. 특히 중국에서는. 기억력이 좋은 사람은 대개 그 무거운 고통에 압사당하고 기억력이 나쁜 사람만이 생존에 적합하며, 그들만이 즐겁게 살고 있다"「스승」, 루쉰전집3권, 55쪽.

마오쩌둥을 중심으로 새롭게 재편된 중화인민공화국의 인민들은 이와 같은 루쉰의 언급에서 얼마나 자유로울까?

"승리했다면 나도 군중 속의 일원이므로 자연히 승리하게 된다. 패배했다면 군중 속에는 수많은 사람이 있으므로 꼭 내가 손해 볼 필요는 없는 것이다"「수감록 38」, 루쉰전집1권, 311쪽라는 정신승리법에 의탁하여 세상을 연명하고 있지는 않을까? '승리하면 왕이 되고, 실패하면 역적이 된다'는 오랜 역사의 진리를 받들면서 새로운 황제의 권위 아래 개개인의 비참한 삶을 도모하고 있는 건 아닐까? 잠시 안정적으로 노예가 될 수 있는 시기를 지탱하기 위해 역사적 교훈을 망각하고 있지는 않을까? 아큐를 신해혁명 시기 중국 농민의 전형으로 한정 지으려는 『아큐정전』에 대한 평가가 희생자의 피와 땀을 잊고자 하는 노력으로 보이는 건 왜일까? 여기에서 이런 의문에 대한 답을 찾아보도록 하자.

루쉰에게 정신적 각성과 관념의 변화가 수반되지 않는 혁명은 실패든 성공이든 아무런 가치가 없다. 루쉰이 찾는 진정한 혁명과 중국 부활의 조건은 어떤 것일까? 『아큐정전』에서 찾아지는 중국 부활의 진정한 조건은 이렇다.

사람들은 말한다. 어떤 승리자들은 적수가 호랑이나 매처럼 사납기를 원하며 그래야만 승리의 기쁨을 느낀다고. 가령 양 같거나 병아리 같다면 도리어 승리의 허무함을 느낀다고 말한다. 또 어떤 승리자들은 모든 것을 정복하고 난 뒤에, 죽을 사람은 죽고 항복할 사람은 항복하여 '신은 황공하옵고 황공하옵게도 죽을죄를 지었나이다. 죽을죄를 지었나이다'라는 말을 듣게 되면 이미 그에게는 적도 없어지고, 호적수도 친구도 사라져 오직 자신만이 높은 자리에 남게 되어, 그 외로움, 처량함, 적막감으로 오히려 승리의 비애를 느낀다고 한다. 그러나 우리의 아큐는 그런 겁쟁이가 아니라 영원히 우쭐해한다. 이건 어쩌면 중국의 정신문명이 세계에서 가장 뛰어나다는 증거일지도 모른다112쪽.

루쉰이 본 중국인은 강자에 반항하지 않고, 강자의 유린에 의한 분노를 약자에게 푼다. 루쉰에게 양자는 똑같이 비겁한 노예일 뿐이다. 그들 가운데 마음속에 이상의 빛을 지닌 혁신적인 파괴자는 없다. 루쉰은 "폐허가 되는 것을 슬퍼하지 않는다. 다만 폐허 위에서 옛것을 주워 맞추는 행위를 슬퍼한다"「뇌봉탑의 붕괴를 다시 한 번 논함」, 루쉰전집1권, 194쪽. 폐허 위에서 옛것을 주워 맞춰온 행위를 반복적으로 해왔던 것이 중국의 문명이며, 현재의 중국 역시 이런 루쉰의 진단에서 크게 자유롭지 않다. 중화인민공화국의 건국과 함께 이어진 대약진운동, 문화대혁명, 개혁개방 등의 굵직굵직한 사건들을 보면 루쉰의 진단이 여전히 유효함을 알 수 있다. 거시적인 관점에서 건설과 파괴, 건설로 이어지는 순환이 반복되는 것으로 보이기 때문이다.

루쉰이 말하는 승리자는 약자를 재물로 삼지 않는다. 적이 사라진 자리에서 승리자는 외로움, 처량함, 적막감만을 느낄 뿐이다. 진정한 분노는 무서운 침묵 가운데, 무언가가 독사처럼 시체들 사이를 기어 다니고, 원귀처럼 어둠 속을 뛰어다닐 때 비로소 나타남을 루쉰은 잘 알고 있다. "용감한 자의 분노는 칼날을 더 강한 자에게 향하며, 비겁한 자의 분노는 칼날을 더 약한 자에게 향한다"「집감」, 루쉰전집3권, 49쪽.

마오쩌둥은 분명 사회주의혁명을 통해 오랜 중국의 혼란을 극복하고 승리자가 되었다. 마오쩌둥에 대한 중국인의 광신과 같은 열광은 어쩌면 당연하다. 생존의 기본 조건을 만들어주었기 때문이다. 그러나 승리자의 우쭐거림이 문화대혁명과 같은 10년 대동란大動亂을 낳았음도 사실이다. 중국을 침탈한 서구 제국주의자들과 일본이라는 적도 사라지고, 장제스蔣介石라는 호적수를 물리친 자리에서 마오쩌둥을 비롯한 승리자들이 느꼈던 것은 분명 비애가 아니라 승리에의 도취였을 것이다.

루쉰은 진정한 승리자가 느끼는 외로움, 처량함, 적막감 같은 것은 아큐와 같은 용감한 자들은 느낄 수 없다고 말한다. 루쉰이 아큐를 죽음으로 이끌 수밖에 없었던 근본적인 원인이 여기에 있을 것이다. 중국의 정신문명이 비겁함을 통해 형성되었으며, 비겁함을 바탕으로 유지되고 있는지도 모른다는 판단 때문인 것이다. 그래서 비겁함의 대명사, 다시 말해 중국 정신문명의 현실적 구현인 아큐의 죽음 없이는 그 어떤 미래적 가능성도 불가능하다는 절박함이 아큐를 죽음으로 이끌었을 것이다.

아큐와 같은 비겁한 승리자의 죽음 없이는 철저한 혁명은 불가능하다. 설령 마오쩌둥에 의한 사회주의 혁명이 신중국의 건설로 이어졌다고 하더라도, 그것 역시 루쉰이 염려한 간판만 바꿔 단 혁명일지도 모른다.

그것은 오전 중의 일이었다. 소식이 빠른 자오 수재는 혁명당이 밤중에 입성했다는 사실을 알게 되자마자 변발을 머리 꼭대기에 틀어 올리고 이제껏 사이가 좋지 않았던 가짜 양놈을 찾아갔다. 때는 바야흐로 '모든 것을 유신維新하는' 시대여서 그들은 이 기회를 타기로 이야기가 되자, 즉각 의기투합하는 동지가 되어 서로 혁명하기로 서약했다. 그들은 생각을 거듭한 끝에 정수암에 '황제 만세! 만만세!'라고 쓴 용패龍牌가 있다는 것을 떠올리고 그것을 속히 없애기로 했다. 그들은 곧장 함께 암자로 혁명하러 갔다. 늙은 비구니가 나와서 방해하므로 두어 마디 말을 해보고 그들은 그녀가 만주정부 편이라고 간주하고 단장과 주먹으로 머리를 실컷 때렸다. 두 사람이 돌아간 뒤에 비구니가 마음을 가라앉히고 살펴보았더니 용패는 물론 산산이 부서져 땅에 흩어져 있었고, 또 관음상 앞에 모셔두었던 선덕宣德 향로가 없어져버렸다136-137쪽.

신해혁명은 만주족의 제국인 청나라를 멸망시키고 한족의 국가인 중화민국을 태동시켰다. 그러나 유신이라는 그럴싸한 레토릭 이면에 신해혁명은 시대적 변화에 민감한 일부 상류층이 변발을 감추고 가짜 양놈과 협잡을 맺어 자신들의 이권을 도모하는 결과를 낳기도 했다. 대다수는 황제제도의 상징인 용패를 부수고, 시대적 변화에 민감하지 않아 만주정부 편을 드는 것으로 보이는 약자에 대한 폭력을 혁명으로 여긴 경우도 많았다. 사회체제와 관념의 근본적인 개혁과는 거리가 멀었다.

사회주의 중국의 건설 후에도 '모든 것을 유신하는' 시대는 지속되었다. 대다수 중국인은 서약만 하면 혁명이 가능하기라도 한 것처럼, 국가의 각종 이데올로기적 공세에 순응했다. 공자孔子를 비롯한 전통 사상은 봉건적이라며 배척당했다. 남녀의 지위는 동등한 것으로 규정되었지만, 규정을 통해 낡은 관습을 바꿀 수는 없었다. 토지의 국유화와 기업의 국영화와 같은 사회주의 경제시스템이 도입되었다. "혁명, 혁혁명, 혁혁혁명, 혁혁혁혁명, …"의 양상이 건국 후 지속적으로 진행되었다. 그 가운데 중국인들은 헉헉거리며 운명運命에 순응하고 있다.

덩샤오핑이 집권하면서 마오쩌둥 시기의 정책이 수정되었다. 개혁개방과 함께 시장경제 시스템이 도입되었으며,

이와 함께 경제적 자유 또한 어느 정도 보장받게 되었다. 그러나 거주 이전의 자유나 정치적 자유는 여전히 심각한 침해를 받고 있다. 소련을 비롯한 동구 사회주의권이 몰락하면서 사상적 통일의 구심점이 사라지자 배척당했던 공자의 사상도 부활하고 있다. 21세기 들어 사상적 중심축으로 부상하고 있는 공자와 관련된 루쉰의 글을 보면, 공자의 배척과 부활이 어떤 이유 때문인지 알 수 있다.

20세기가 시작된 이래, 공자는 매우 불운하였으나 위안스카이 시대에 와서는 새롭게 기억에 되살아나 제전을 회복하였을 뿐 아니라, 괴상한 제복을 만들어 제사를 지내는 사람들에게 입게까지 하였다. 이 일과 함께 출현한 것이 제제帝制였다. 그러나 그 문은 끝내 두드려 열리지 않았고, 위안 씨는 문밖에서 죽었다. 남은 북양군벌도 말로에 이르렀음을 느끼자 그것을 이용하여 다른 행복의 문을 두드려보았다. 강소와 절강에 기반을 두고 길에서 함부로 백성을 참살한 손전방 장군은 투호의 예를 회복시켰으며, 산동으로 파고들어가 돈과 병사와 첩의 숫자마저 헤아릴 수 없었던 장종창 장군은 『십

삼경』을 복각하였고, 또 성인의 도를 육체관계로 전염되는 화류병과 같은 것으로 간주하고 공자의 후예 가운데 누군가를 자신의 사위로 삼았다 「현대 중국의 공자」, 루쉰전집6권, 317쪽.

"공자 받들기, 유가 모시기, 경전 공부, 복고의 유래가 오래된 것은 황제와 대신들이 여태까지 그것의 일단을 선택하여 '효로써 나라를 다스리거나', '충으로 천하에 조서를 내리거나', 심하게는 '정절로써 천하를 고무하고자' 한」「14년의 '경전 읽기'」, 루쉰전집3권, 127쪽 때문이다. 이와 같은 과정을 통해, 효孝, 충忠, 정절 등이 권력의 부림을 받는 사람들의 의식을 장악하게 되고, 피지배자의 도덕으로 확립된다.

그러나 루쉰은 잘 알고 있다. 24사二十四史를 다 뒤져봐도 효자, 충신, 절부와 열녀는 얼마 되지 않으며, 공자가 고안해낸 치국治國의 방법 역시 민중을 다스리기 위한 것, 즉 권력자들을 위한 것이었지 민중 자체를 위해 궁리한 일은 전혀 없었다는 것을. 그리고 "공자를 숭배할 때는 벌써 다른 목적을 품고 있는 것으로, 목적이 달성되면 그 도구는 쓸데없는 것이 되고 실패하면 더더욱 쓸모없는 것이 되어버림

문화대혁명 시기에 공자의 사상은 시대의 폐단으로 지목
되어 홍위병들에 의해 철저히 파괴되었다. 그런데 21세기
들어 공자를 인류의 스승으로 삼자는 주장이 나올 정도로
되살아나고 있다. 이에 대한 루쉰의 생각은 어떨까? 공자
의 질긴 생명력을 찬탄했을까? 필요에 따라 가져오는 중국
인의 가져오기주의拿來主義에 놀랐을까? 공자를 타이틀로 내
세울 수밖에 없는 중국의 현실에 실망했을까?

나는 시대의 폐단을 공격하는 글은 반드시 시대의 폐단과 동
시에 소멸되어야 한다고 생각한다. 왜냐하면 이는 바로 백혈
구가 곪아서 종기로 되는 것처럼, 만약 자신도 제거되지 않
으면 그 생명이 남아 있는 한 바로 병균이 아직 있음을 증명
하는 것이기 때문이다「「열풍」제기」, 루쉰전집1권, 292쪽.

루쉰의 글이 중국사회의 각종 폐단과 모순을 밝혀내는
것은 그것들과 함께 자신을 묻기 위해서이다. 자신의 몸속
에 내재된 병균의 궁극적인 소멸은 존재의 죽음을 통해서

만 가능하다. 죽음을 통해 루쉰은 자신의 몸에 담겨 있는 병균을 소멸시킬 수 있다. 중국의 진정한 부활은 오랜 세월 동안 축적된 병균을 소멸시킴으로써 가능하다. 루쉰의 임무는 자신의 죽음을 통해서 진정한 승리의 길을 닦는 것이다. 루쉰의 작품은 그런 과정의 작은 기념비일 뿐이다. "내 작품을 편애하는 독자들도 다만 이를 하나의 기념으로만 생각하고 이 자그마한 무덤 속에는 살았던 적이 있는 육신이 묻혀 있다는 것을 알아주기를 바랄 뿐이다. 다시 세월이 얼마간 흐르고 나면 당연히 연기나 먼지로 변할 것이고, 기념이라는 것도 인간 세상에서 사라져 내 일도 끝이 날 것이다."「『무덤』 뒤에 쓰다」, 루쉰전집1권, 287쪽.

　현재의 중국은 경제적·정치적·군사적인 면에서 부활한 것이 사실이다. 그러나 그 이면에는 다양한 문제가 산적해 있다. 지역 간·계층 간 격차 문제, 개발로 인한 환경문제, 급증하고 있는 정치적 자유에 대한 요구, 사상적 통일을 도모할 구심점의 부재, 만연된 배금주의 등은 중국이 가까운 시일 내에 해결해야 할 사안이다. 가장 심각한 문제는 현재의 중국에 대해 루쉰처럼 쓴소리를 할 수 있는 사람이 많지 않다는 점이다. 있다고 하더라도 언론통제로 인해 널리 알려질 수 없다는 점도 문제지만.

이런 상황에서 현대의 중국인이 꿀 수 있는 꿈은 어떤 모양일까? 아큐처럼 자신의 사형판결서에 사인하는 동그라미를 그리면서 붓이 위로 솟구쳐 수박씨 모양을 그리게 될까? 아큐는 평생의 힘을 모아 사형판결서에 동그라미를 그리려고 했다. 다른 사람들의 웃음거리가 되기 싫어 더욱 동그랗게 그리려고 했다. 이 역시 루쉰이 발견한 중국의 정신문명이 세계 최고라는 증거 가운데 하나이다. 그런데 동그랗게 그리는 것이나 수박씨처럼 그리는 것은 아무런 상관이 없다. 결국은 자신의 사형판결서에 자각 없이 사인을 하는 행위이기 때문이다.

현재의 중국이 아큐와 같은 절망적인 싸움을 벌이고 있다는 것은 아니다. 그러나 거시적으로 보면 중국의 부활은 미래적 절망을 내포하고 있는 요소도 있다. 현재로서는 개개인과 크게 상관이 없지만, 중국의 경제적 성장은 환경적인 면에서 중국과 주변국에 위기를 조장하고 있다. 환경과 관련하여 루쉰의 경고를 한번 들어보자.

저는 지금 작은 골목에서 살고 있습니다. 이곳에는 쓰레기차라는 게 있는데 매달 얼마간의 돈을 받고 연탄재 같은 것을 옮겨줍니다. 옮겨서는 어떻게 하느냐? 그냥 길가에 쌓아둡니다. 이렇게 길은 점점 높아집니다. 몇 채의 오래된 집들은 반 지하 정도의 높이에 불과한데, 다른 가옥들의 장래를 예고해주는 듯합니다. 무슨 연유인지는 모르지만, 이런 민가를 보면 중국인의 역사를 보는 듯합니다「통신」, 루쉰전집3권, 21쪽.

루쉰은 잿더미에 묻혀가는 민가를 보며, 그것도 자신을 생매장하는 집을 지으면서 돈까지 지불하는 사람들을 보며 중국의 역사를 간취해낸다. 그것은 낡은 벽돌과 새로운 벽돌이 더해져 높아지고 견고해져만 가는 만리장성처럼 루쉰과 중국인을 감싸고 있다. 만리장성을 무너뜨리기 위한 시도보다 이를 더 공고히 하려는 노력이 중국의 문화이며 역사이기 때문에, 루쉰과 같은 혁신적 파괴자의 의지는 항상 좌절되기 마련이다.

중국의 사회주의 혁명은 겉으로 보기에는 중국을 혁신시킨 듯하지만, 내부로 들어가 보면 새로운 벽돌을 더한 것에 불과할지도 모른다. 승리자의 비애를 자각하지 못하고 우쭐거리기만 할 뿐이라면 언젠가, 과거 역사가 증명하듯 또 다른 세력에 의해 노예의 규칙마저 제정되지 않은 시기에 이를 뿐이다.

혁명이라는 것이 기껏해야 변발을 머리 꼭대기에 틀어 올리고 정수암에 가서 '황제 만세! 만만세!'라고 쓰여 있는 용패龍牌나 부숴버리고, 선덕宣德향로나 훔치는 것이라면, 혁명이 무슨 의의가 있겠는가! 단지 사람을 피곤하게만 할 뿐이다.

진부하고 오래된 나라에서 태어난 사람들은 복이 넘쳐서 내무부로부터 표창을 받을 만한 사람이 아니면, 대부분 아직 째지 않은 종기를 가지고 있는 듯한 고통을 느낄 것이다. 종기가 난 적이 없는 사람과 종기가 났더라도 째본 경험이 없는 사람은 모르겠지만, 그렇지 않은 사람은 쨀 때의 고통이 째지 않은 종기의 아픔에 비해 훨씬 상쾌하다는 것을 알 것이다. 이것이 말 그대로 '고통 후의 기쁨'이 아닐까? 나는 이 책을 통해 먼저 그 종기의 아픔을 깨우친 후, 같은 병을 앓는 사람들에게 '고통 후의 기쁨'을 나눠주고 싶은 것이다.「「상아탑을 나온 후」, 후기」, 루쉰전집10권, 243쪽.

현재 중국 역시 다양한 형식의 종기를 안고 있다. 혁명은
종기를 째기 위한 것이다. 혁명을 통해 종기를 쨌다 하더라
도 다른 부위가 곪을 수 있다. 종기를 쨌 후의 기쁨에만 심
취해버리면 다른 곳에서 자라나는 종기를 등한시하기 십상
이다. 끊임없는 자각과 자기반성만이 종기로부터 몸을 지
키는 방법이다. 고통 후의 기쁨을 나누는 방식은 이미 루쉰
을 통해 다 드러났다. 남는 건 그 방식대로 실행하느냐이
다. 아큐는 죽었지만, 다른 형식으로 끊임없이 재생하고 있
다. 아니 아큐라는 이름의 작명 과정에서 알 수 있는 것처
럼 적절한 이름을 부여받지 못하고 있을 뿐, 아큐는 지금도
살아 있다.

7. 아큐에 대한 루쉰의 연민

다시 한 번 말하지만, 『아큐정전』은 신해혁명 시기 중국
농민의 전형인 아큐를 통해 중국인의 정신승리법을 폭로했

다는 평가를 받는다. 『아큐정전』에 대한 전형적인 평가를 다시 언급하는 것은 전형의 창출과 관련해서 아큐를 바라보는 루쉰의 정서적 거리를 다루기 위해서이다.

기본적인 문학이론으로 1인칭 주인공시점, 1인칭 관찰자시점, 3인칭 관찰자시점, 전지적 작가시점과 같은 시점이론이 있다. 시점이론의 핵심은 작가와 작중인물, 그리고 독자와의 거리감이다. 거리감을 통해 서술자와 작중인물의 밀착 정도가 드러나며, 또 작중인물을 통해 독자에게 전달되는 메시지의 강도를 알 수도 있다. 이를 확장하면 작중인물에 대한 작가의 정서적 친밀도를 살피는 유용한 도구로 시점이론을 들 수도 있다는 얘기가 된다.

『아큐정전』에서도 시점이론은 주인공 아큐와 작가의 거리, 다시 말해 아큐에 대한 루쉰의 정서를 살피는 기본적인 수단이 된다. 『아큐정전』의 주요한 시점은 3인칭 관찰자시점이며, 간혹 전지적 작가시점이 가미되기도 한다. 3인칭 관찰자시점은 서술의 객관성을 확보하는 데 유용하며, 전지적 작가시점은 주관적인 요소가 강하지만 인물의 내면심리를 묘사하는 데 도움이 된다. 3인칭 관찰자시점이나 전지적 작가시점은 작중인물과의 거리는 가깝지만, 독자와의 거리는 멀다.

『아큐정전』은 서술자와 작중인물의 거리를 최소화하는 시점이론을 사용하고 있다. 작가 루쉰과 주인공 아큐의 거리는 그렇게 먼 것만은 아니다. 작품의 주요한 시점인 3인칭 관찰자시점이 서술의 객관성을 확보하는 데 유리하다고 한다면, 루쉰은 단순히 관찰자의 입장에서 아큐를 객관적으로만 그려내는 데 열중했을까? 작가 자신과는 하등의 관련이 없는 배타적인 입장에서 아큐를 그려내는 것이 가능할까? 루쉰 자신의 한 단면을 아큐에게 투영하고 있는 요소는 없는 걸까? 『아큐정전』이 아닌 다른 글을 통해 루쉰의 정신세계에 대한 초보적 고찰을 진행해보면 아큐와 유사한 루쉰의 정신세계의 한 면모를 알 수 있다.

이제 결론을 짓자면 고통에 맞서는 나만의 방법이란 엄습해오는 고통과 마주하여 다소 억지스러울지라도 나 자신은 승리했노라고 외쳐대는 것입니다. 고래고래 목청을 높여 큰 소리로 승전가를 불러보는 것을 낙으로 삼는 것도 즐거움이 아

닐까요. 어쩌면 이것이 바로 우리가 찾던 설탕인지도 모르지

요. 루쉰·쉬광핑 지음, 리우푸친 엮음·해설, 「루쉰의 편지」, 이룸, 2004, 45쪽.

인용한 편지는 1925년 3월 11일 자로, 루쉰과 쉬광핑이 본격적으로 연애를 시작하기 전의 편지이다. 쉬광핑은 루쉰이 강의했던 베이징여자사범대학 학생으로 교내 문제와 관련하여 루쉰에게 자문을 구하고, 삶의 지침을 듣고자 편지를 보냈다. 이후 두 사람은 편지를 교환하며 서로의 감정을 확인하고 몇 년 후 상하이에서 동거를 시작한다. 두 사람의 관계 진척과 상관없이 인용한 편지는 급진적이었던 제자에 대한 애정 어린 조언이 녹아 있는 한편으로, 루쉰 자신이 세상에 임하는 자세의 일면을 보여준다.

루쉰이 고통에 맞서는 방법은 억지스럽지만 승리의 찬가를 부르는 것이다. 루쉰의 현실에서 이는 분명 숨구멍과도 같은 역할을 했을지도 모른다. 그러나 우리가 찾던 설탕일지도 모르겠다는 언급은 다른 해석을 요구한다. 설탕은 급진적이었던 제자의 미래를 걱정하는 레토릭에 불과할 수도 있지만, 어딘지 모르게 루쉰 자신이 현실을 대처하는 책략

일 수도 있겠다는 생각을 품게 만든다. 물론 이 정도의 자기위안마저 없었다면 루쉰의 죽음은 훨씬 앞당겨졌을지도 모를 일이며, 그의 문학생애가 지속되지 않았을지도 모른다. 그럼에도 아큐의 정신승리법과 같은 요소가 없다고는 말할 수 없다.

아큐의 정신세계를 독자에게 공감시키기 위해서 작가는 누구보다 아큐를 잘 알아야 할 것이며, 누구보다 객관적으로 표현해야 한다. 아큐의 정신세계가 갖는 특징을 하나의 개념으로 정리하여 독자의 반응을 이끌어내기 위해서는 주변 사람은 물론이고, 자신에 대한 관찰이 필수적이다. 작가 자신 안에 깃든 정신승리법적 요소마저 보여줄 수 있어야 주인공의 정신승리법이 문학적 생명력을 획득할 수 있다. 이런 차원에서 아큐는 루쉰 내면의 한 모습이며, 그것을 대상적으로 인식한 결과물로 볼 수 있다. 즉 아큐에 대한 공감적 이해는 루쉰 자신을 대상화시킨 후 다시 이를 끌어안으려는 노력인 것이다. 아큐에 대한 루쉰의 연민은 자신에 대한 연민이다.

연민을 통해 주인공은 단순한 반영의 결과물로 전락하

지 않게 된다. 주인공의 형상에 작가의 숨결이 깃들지 않고 단순한 반영에 그친다면, 주인공과 작가는 화석화된 평가만을 부여받게 된다. 주인공에 대한 작가의 연민은 작품을 근본적이고 새롭게 만드는 일종의 가치평가 역할을 하는 것이다. 그것은 아큐라는 타자의 내적 삶 외부의 존재인 작가 자신을 작품 내적으로 활용하기 위한 전략이라고 할 수 있다.

작가 자신이 아큐로 대변되는 웨이쫭의 현실에 직접적으로 관여할 수는 없기 때문에 작가는 자신이 창조한 세계의 경계에 설 수밖에 없다. 그 경계에서 작가는 작품 내적인 세계와 외부 세계의 연결고리를 찾아야 하며, 아큐가 그 역할을 맡는다. 아큐의 생명력은 루쉰이 불어넣어주는 외부 세계의 공기로 인해 유지되며, 외부세계는 아큐가 그려내는 작품 내적 세계가 던져주는 메시지를 통해 자기 갱신이 이루어진다. 이 과정에서 아큐와 작품은 영원한 생명력을 얻게 된다. 주인공과 작품이 얻는 생명력은 양자에 대한 작가의 연민 때문에 비로소 가능하다.

이와 같은 관점에서 아큐에 대한 루쉰의 이해를 진행하

다 보면, 결국 작가란 현상세계 속에서 어떤 존재이며, 작품에 그려진 사건과는 어떤 관계를 맺는가 하는 의문에 이르게 된다. 다시 말해 그 시대의 역사적 환경 속에서 작가를 이해해야 하며, 사회적 공동체에서 그의 위치는 어떠했는가 하는 점을 먼저 이해해야 한다는 점이다. 나아가 작가와 현상세계의 관계에 대한 이해를 바탕으로 작가가 작품에 참여하는 방식, 사건을 통해 작가가 독자에게 던지는 메시지가 종합적으로 이해되어야 한다. 작가와 아큐, 작가와 『아큐정전』, 아큐와 『아큐정전』이라는 삼각 구도에서 총체적인 이해가 진행되었을 때, 비로소 삼자 모두 영원한 생명력을 보장받을 수 있는 것이다.

이렇게 말없는 국민의 정신세계를 그려내는 것은 중국에서는 어려운 일이다. 앞서 말했지만 우리는 아직 혁신을 겪지 않은, 유구한 역사를 지닌 나라의 백성이기 때문에 서로 마음이 통하지 않는다. 심지어 자기의 손이 자신의 발을 알아보지 못할 정도이다. 나는 사람들의 정신세계를 포착하려고 애를 써보았지만 제대로 포착했다고 하기에는 역부족이다.

앞으로 높은 장벽에 둘러싸여 있던 모든 사람이 각성하여 밖으로 뛰쳐나와 입을 열 때가 있을 것이다. 그러나 지금은 그런 사람이 드물다. 그래서 나는 우선 나 자신이 관찰한 바에 근거하여 어설프나마 내 눈으로 본 중국 사람의 모습을 써보기로 했다 「러시아어 번역본 「아큐정전」의 서언 및 저자 약전」, 루쉰전집7권, 82쪽.

주인공 아큐와 작가 루쉰의 차이는 인용을 통해 확인할 수 있다. 양자 모두 『아큐정전』을 통해 무언가 말을 하고자 한다. 루쉰은 말없는 국민의 정신세계를 보여주기 위해 말을 하고자 하며, 아큐는 그런 루쉰의 의도를 충실히 수행할 수 있는 모델이다. 『아큐정전』에 등장하는 다양한 인물이 모두 루쉰의 그런 의도를 담고 있다. 그 가운데 루쉰의 의도를 가장 잘 반영할 수 있는 인물이 바로 아큐이다. 그래서 아큐가 작품의 주인공이다. 주인공의 역할은 다른 등장인물들보다 적절하게 작가의 의도를 전달하는 것이다. 그러나 아큐라는 인물을 통해 작가의 모든 의도가 수월하게 전달될 수 있는 것은 아니다. 그래서 다른 인물들이 필요하다.

아큐는 루쉰이 현실공간에서 관찰한 수많은 인물 가운데 하나이며, 그 인물 가운데 비교적 중국인의 정신세계를 대변할 수 있다고 판단되어 선택된 경우이다. 아큐가 아닌 자오 나리나 소D, 왕털보, 비구니 등도 모두 주인공이 될 수 있다. 작가가 어떤 점에 유의하느냐에 따라 달라지는 것이다. 지배층의 위선을 작품화하기 위해서는 자오 나리가 적절할 것이며, 전통 중국의 여성관을 형상화하기 위해서라면 비구니가 나을 수도 있다. 그러나 그들은 작가의 의도를 충분히 전달할 수 있는 위치에 있지 않다. 혁신을 겪지 않은, 유구한 역사를 지닌 백성이면서도 의식적이든 무의식적이든 자신이 속한 공동체에 분란을 일으킬 수 있는 인물이 필요한 것이다.

정신승리법의 소유자 아큐가 벌이는 다양한 소란과 아큐의 죽음 그 자체가 공동체에 소요를 일으켜 구성원들로 하여금 말을 하도록 한다. 그 말이야 물론 "총살은 목을 베는 것보다 재미가 없으며 더구나 어떻게 되어먹었는지 웃기는 사형수라는 것이었다. 그렇게 오래도록 거리를 끌려 다니면서 끝내 노래 한 자리 못 부르다니. 그들은 공연히 따라

다니느라 헛걸음만 했다는 것이었다"151쪽는 정도에 불과하지만.

아큐는 웨이좡이라는 공동체에 분란을 일으킴으로써 공동체 구성원들의 입을 틔운다. 이는 중국인의 정신세계를 밝히겠다는 루쉰의 의도에 부합된다. 아큐라는 존재를 통해 비로소 작가 루쉰은 웨이좡이라는 공동체의 정신세계를 독자에게 펼칠 수 있는 것이다. 그런데 아큐가 전달하는 말과 루쉰이 하고자 하는 말은 유사한 듯 다르다. 아큐는 중국인의 정신승리법을, 루쉰은 높은 장벽에 둘러싸여 의사소통이 불가능한 중국인의 정신세계를 포착하고자 한다. 미묘한 차이지만 아큐의 정신승리법이 소통부재의 현실에서 비롯된다는 점에서 보면 크다. 다시 말해 작가 루쉰은 아큐로 대변되는 중국인의 정신승리법을 낳는 요소인 소통부재의 역사적·문화적 조건들을 드러내고자 하는 것이다.

편지 글에서도 확인한 것처럼 아큐로 대표되는 중국인의 정신승리법은 루쉰 자신에게도 내재되어 있지만, 『아큐정전』에서는 작가 자신의 정신승리법적 면모를 찾아볼 수 없다. 이를 어떻게 해석해야 할까? 루쉰의 비겁함? 작가와 주인공, 작가와 작품의 거리를 지나치게 멀리 보는 독자들의 잘못일까? 그것도 아니면 작품의 주제를 특정하려는 연구자들의 의도 때문인가? 보다 근본적인 이유는 주인공과 작가의 말이 각기 다른 의미 평면에 자리하기 때문일 것이다.

주인공의 견해는 어떤 식으로든 제한되어 있기 마련이다. 아무리 뛰어난 주인공이더라도 작가에 의해 묘사된 다양한 삶의 양상 가운데 하나일 뿐이기 때문이다. 반면 작가는 자신이 창조한 작품과 현실세계의 경계에 존재하기 때문에 보다 넓고 심층적인 사고가 가능하다. 작가가 서 있는 지점은 주인공의 자리와는 분명 다르다. 작가는 전지적 작가의 시점에서 주인공 아큐를 비롯한 중국인과 중국의 문화를 일괄할 수도 있는 위치에 자리한다. 물론 전지적 작가의 시각에 대한 평가는 독자마다 다를 것이다.

대다수 독자가 『아큐정전』에서 우선적으로 발견하는 것은 아큐의 정신승리법이다. 그래서 작품의 주제는 아큐의 정신승리법 비판이 된다. 이런 독법讀法은 주인공과 작품의 관계에 치중한 결과이다. 방관자의 위치에서 주인공과 작품의 관계만을 본 결과인 것이다. 그렇게 되면 작가의 자리를 작품 내에 상정할 수 없게 된다. 작가는 아큐를 통해서도, 『아큐정전』이라는 작품을 통해서도 독자에게 말을 건넨다. 아큐를 통해 작가가 건네려는 말은 이미 밝혀졌다.

그렇다면 하나의 완성된 세계인 『아큐정전』이 건네는 말은? 작품 내 피조물의 하나인 아큐가 아니라 『아큐정전』이라는 유기체를 통해 작가가 건네려는 말은? 루쉰이 진정으로 하고 싶었던 말은? 소통부재의 사회, 등급질서가 낳은 사람과 사람 사이의 격리감과 적막감, 그리고 격리감이 낳을 수밖에 없는 인간의 야수성 등은 아니었을까? 더불어 그런 야수성을 인간성이라는 미명으로 치장해온 것이 역사와 문화의 본질이라는 것은 아니었을까?

IV.
결론 – 현대 중국의 아큐

　결론에 이르러 다시 한 번 『아큐정전』의 미학적·현실적 가치에 대해 고민해보자. 세상에 나온 지 90년 남짓 된 작품이 꾸준히 읽히고 새로운 감흥을 전해주는 원인에 대해 물어보자는 것이다. 중편에 불과한 소설이 그만한 생명력을 갖는 이유는 무엇일까?

　바흐친은 『말의 미학』이라는 책에서 "소설을 포함한 대서사 형식(대서사시)은 세계와 삶에 대한 총체적인 그림을 보여줄 수 있어야 하며, 세계 전체와 삶 전체를 반영할 수 있어야 한다"미하일 바흐친 지음, 김희숙·박종소 옮김, 「말의 미학」, 도서출판 길, 2007, 332쪽고 말한다. 바흐친에 따르면 세계와 삶에 대한 총체적인 반영이 생명력의 조건이다. 그렇다면 『아큐정전』이 20세기 초 중국사회와 중국인의 삶 전체를 반영하고 있는 것으로 볼 수 있을까? 이를 현재 중국인의 삶과는 어떻게 연결시켜야 할까?

흔히 고전, 혹은 경전이라고 불리는 작품들은 시대와 장소를 불문하고 꾸준히 읽히며, 읽는 이에 따라 다양한 해석을 낳는다. 플라톤의 글이 그렇고, 공자의 『논어論語』가 그렇다. 『아큐정전』 역시 경전으로서의 가치가 충분하다. 문제는 21세기 한국에서, 혹은 중국에서 『아큐정전』이 어떻게 읽혀야 하는가라는 점이다.

1922년에 루쉰은 『아큐정전』 외 13편의 소설을 묶어 『외침』이라는 소설집을 내면서 자서自序를 쓴다. 자서는 이 소설집이 나오기까지의 이력을 비교적 상세히 언급하면서 작품집 이름을 『외침』이라고 한 이유를 밝힌 부분이 있다.

나 자신은 현재 이미 절박한 상황에 이르렀음에도 결코 아무 말도 하지 못하는 사람은 아니라고 생각한다. 그러나 어쩌면 아직 그때 나 자신이 가졌던 적막한 비애를 잊을 수가 없기 때문에 때로는 어쩔 수 없이 몇 마디 고함을 지르지 않을 수 없는 것인지도 모른다. 그것은 적막 속에서 치닫는 용사들에게 약간의 위로가 되고 그들이 앞장서서 달려가는 데 거리낌이 없게 하고자 하는 것이기도 하다. 나의 함성이 용맹스러운 것인지, 슬픈 것인지, 증오스러운 것인지, 가소로운 것인지를 돌아볼 겨를이 없다. 그러나 함성인 이상에는 당연히 지휘관의 명령을 들어야 하므로, 가끔 곡필曲筆을 들어 … 나 자신으로서도 내가 겪기에 고통스러웠던 적막감을, 내 젊은 시절과 같이 꿈에 부풀어 있는 젊은이들에게 결코 다시 전염시키고 싶지 않았기 때문이다「『외침』 자서」, 루쉰전집1권, 419쪽.

인용 글을 보면, 첫 번째 소설집 제목이 『외침』인 이유는 첫째, 루쉰 자신이 일찍이 경험했던 적막한 비애를 잊을 수 없어서, 둘째, 적막 속에서 내닫는 용사들을 위로하려는 의도였음을 알 수 있다. 두 번째 의도는 어딘지 진실하지 않다는 느낌을 지울 수 없지만, 그 자신이 국민성 개조를 문예활동의 목적으로 삼았다는 점을 고려하면 어느 정도 수긍이 가능하다. 그러나 이보다 더 중요한 점은 그가 생애

전반을 통틀어 사람과 사람 사이의 소통을 가로막는 높은 장벽과 장벽으로 인한 적막을 의식하고 살았다는 것이다.

그의 두 번째 소설집 제목이 『방황彷徨』인 것도, 세 번째이자 마지막 소설집이 『새로 엮은 옛이야기』인 것도 어찌 보면 그의 삶이 적막 가운데 영위되었음을 말해주는지도 모른다. 방황은 국민성 개조라는 목적지에 쉽게 도달할 수 없다는 현실 감각을 말해주며, 옛 이야기를 현재적 관점에서 편집하는 것 역시 미래적 가능성을 향해 직접적으로 나서는 행위라고 보기는 어렵다. 『방황』이든 『새로 엮은 옛이야기』든 국민성 개조를 위한 직접적인 외침과는 거리가 있는 게 사실이다. 이는 루쉰이 경험한 적막감이 그의 실존을 구성하는 현실임을 말해주는 게 아닐까? 외침이 지휘관의 명령에서 비롯되었으며, 그로 인해 곡필을 들기도 했다는 언급을 보면 루쉰의 현실적 존재 양상은 적막감이라는 단어에서 찾아질 것이다.

한편 루쉰의 작품을 읽는 독자 대다수가 불편함을 느끼는 것도 그의 작품에서 묻어나는 지독한 적막 때문인지도 모른다. 젊은이들에게 결코 전염시키고 싶지 않은 감정이 적막감이지만, 작품은 루쉰의 의도를 져버린다. 루쉰에게 적막은 떨쳐버릴 수 없는, 루쉰이라는 존재를 구성하는 필요충분조건이 아니었을까? 그렇다면 적막 가운데 루쉰은 무엇을 보았을까? 영원히 화해 불가능한 사회와의 불화? 그런 불화를 빚는 자기 자신과의 불화? 불화의 심화가 낳기 마련인 적막감의 심화?

루쉰과 같은 지식인에게 사회와의 불화는 필연적일지도 모른다. 끊임없는 향상의 욕망을 가진 지식인에게, 국민성 개조가 문예활동의 목적인 지식인에게 사회는 대부분의 경우 부조리하게 보일 것이기 때문이다. 그래서 루쉰은 현재의 상태에 불만을 품은 자라면 모두 혁명가라고 이야기한다. 또 그 자신이 펜을 놀리는 것 역시 마음속에 약간의 불만을 품고 있기 때문이라고도 말한다. 세상을 바꾸고자 하는 사람은 불평과 불만을 통해 자신을 개조함으로써 가능하다고도 말한다.

루쉰에게 "불만은 향상의 수레바퀴로 스스로 만족하지 않는 인류를 싣고 사람의 길로 나아갈 수 있다. 스스로 만족하지 않는 사람이 많은 종족은 영원히 전진하며, 영원히 희망이 있다"「수감록 61(불만)」, 루쉰전집1권, 359쪽. 이런 철학을 가진 루쉰이 사회와 불화를 빚지 않을 수 있을까? 루쉰에게 사회와의 불화는 필연적이며, 그런 사회를 향해 만족스러운 함성을 내뱉지 못하는 자신과의 불화 역시 필연적이다.

그래서 그런 것일까? 『아큐정전』이 연재될 때 루쉰 주변의 많은 사람이 작품의 비판대상이 자신은 아닌가 의심했다.

> 내 기억으로는 『아큐정전』이 한 단락 한 단락 연이어 발표되었을 때 여러 사람이 그다음에는 자기가 욕을 당하는 차례가 아닐까 두려워 벌벌 떨었다. 그리고 어느 한 친구는 내 앞에서 『아큐정전』의 어제 어떤 단락은 아무래도 자기를 욕하는 것 같다고 말했다 「『아큐정전』의 유래」, 루쉰전집3권, 378쪽.

현재의 중국인이나 우리가 『아큐정전』을 읽으면서 이런 느낌을 받을 수 있을까? 그런 느낌을 받는다면 분명 그는 루쉰이 원한 것을 달성했다고 할 수 있다. 『아큐정전』을 통해 그런 느낌을 받는 사람은 개혁자의 마인드를 지닌 것으로 봐도 무방하다. 루쉰은 개혁자의 눈에는 과거적인 것과 눈앞의 것은 아무것도 없는 것과 같다고 말했기 때문이다.

루쉰이 찾는 개혁자는 "사방을 돌아보며 팔방의 소리를 듣는다. 자신을 속이고 남을 속이는 이전의 모든 희망의 담론을 전부 쓸어버리며, 자기를 속이고 남을 속이는 가면이라면 누구의 것이든지 전부 벗겨버린다. 자기를 속이고 남을 속이는 수단이라면 누구의 것이든지 전부 배척한다. 요컨대 화하華夏의 전통인 모든 약삭빠른 놀음을 전부 던져버리고, 몸을 한껏 낮추어 자신을 겨냥하고 있는 서양귀신에게서 배운다"「홀연히 든 생각 8」, 루쉰전집3권, 96쪽.

현재의 중국은 다양한 방식의 개혁을 진행하고 있지만, 루쉰이 거부했던 화하(중국)의 전통을 재정립하려는 시도 역시 곳곳에서 찾아진다. 신화의 인물을 역사화하려는 작업이나 한국의 고대사와 관련된 중국식 해석, 만주족滿洲族의 청나라를 한족漢族의 역사로 편입시키려는 작업 등은 화하의 전통을 굳건하게 만들려는 노력일 것이다. 화하의 전통을 새롭게 하려는 노력 이면에는 현재 중국의 다양한 사회적 문제를 감추려는 전략도 보인다.

중국이 직면하고 있는 현안 가운데 하나로 농민공農民工문제를 들 수 있다. 농민공문제는 개혁개방 이후 성장한 중국의 경제적 분배 문제와 연관된다. 개혁개방 이후 도시와 농촌의 소득격차가 심해지면서 가난한 지역의 농민이 동부 연안 지역의 발전된 도시로 나가 품팔이 노동을 하는 경우가 많아졌다. 그 수가 최소 1억 명은 된다고 하니 가히 날품팔이 아큐의 전성시대이다. 이들은 주로 베이징과 상하이, 광저우 등과 같은 대도시에서 최하층 생활을 하며 일자리를 구한다. 그들이 찾을 수 있는 일자리라고 해봐야 공사장의 막일이나 식당의 허드렛일 정도뿐이지만, 농사를 짓는 것보다 수익이 높기 때문에 쉽게 도시를 떠나지 못한다. 일자리를 구하더라도 그들은 공사 현장의 간이 천막이나 공사 중인 아파트 한구석에서 숙식을 해결한다. 커다란 짐을 짊어지거나 머리에 인 채 대도시 기차역을 빠져나오는 사람들은 십중팔구 일자리를 찾아 도시로 올라온 농민공들이며, 짐은 대부분 허름한 이불이다.

농민공문제는 사회적 분란으로 이어질 가능성이 큰데, 그들에게는 아무런 사회보장 혜택이 돌아가지 않으며, 종종 임금체불과 같은 문제가 발생하기 때문이다. 공식 통계에 의하면 2005년 한 해에만 약 400만 명이 총 8만 7천 건의 각종 시위에 참가해 불만을 표출했다. 농민공과 관련하여 거론될 수 있는 또 다른 문제는 그들이 도시의 최하층으로 전락하면서 도시의 슬럼화를 야기한다는 점이다. 도시의 안전을 해치는 잠재적 요소가 성장하고 있다는 점은 도시민의 삶의 질을 저하시키는 요소임이 분명하다.

20세기 초 아큐의 무대는 중국의 전통문명을 상징하는 농촌이었다. 21세기의 아큐라고 할 수 있는 농민공의 무대는 중국 성장의 상징인 도시이다. 『아큐정전』의 아큐는 혁명을 빙자한 도둑 누명을 쓰고 형장의 이슬로 사라졌지만, 21세기의 아큐는 각종 산업재해와 열악한 노동조건으로 고통받고 있다. 시기를 불문하고 최하층민의 삶은 여전히 고난의 연속이다. 물론 20세기 초의 아큐와 21세기 아큐의 정신세계에 대한 비교는 아직은 불가능하다. 21세기 중국에는 루쉰과 같은 작가가 없는 것인지, 아니면 중국 문명의 우수성에 흠뻑 빠져 자각적인 반성이 이루어지지 못하는 때문인지도 알 수 없다. 분명한 사실은 20세기에도, 21세기에도 사회적 약자는 존재하기 마련이라는 점이다. 루쉰은 그런 사회적 약자의 목소리에 귀를 기울임으로써 20세기 중국 최고의 명작을 남겼다. 루쉰이 아직 살아 있다면 여전히 그렇게 하지 않았을까?

나는 급히 걸어갔다. 마치 무겁게 억눌린 물건 속에서 뛰쳐나오려는 것처럼. 하지만 그것은 불가능했다. 뭔지 내 귓속에서 몸부림치는 것이 있었다. 오랜 시간, 오랜 시간이 지나 마침내 몸부림치며 뛰쳐나왔다. 희미한, 마치 기다란 울부짖음 같은 소리였다. 상처를 입은 이리가 깊은 밤중에 광야에서 울부짖는 것 같은 참담함 속에는 한탄과 번민, 노여움 그리고 슬픔들이 뒤섞여 있었다 「고독한 사람」, 『루쉰소설전집』, 김시준 옮김, 330쪽.

이제 『아큐정전』 읽기를 마무리해야 할 시간이 된 듯하다. 마무리라고는 하지만 작품 해석의 결론은 결코 결론이 아니라는 점을 기억하자. 작품 읽기는 완결이 있을 수 없다. 어쩌면 결론은 관점의 충돌과 투쟁이 절정에 달하는 지점일지도 모른다. 결론은 아무런 해결책도 제시하지 못하며, 충돌과 투쟁이 해결될 수 없음을 자인하는 자리일 것이기 때문이다. 충돌과 투쟁이 해결되지 않는 바로 그 지점에서 새로운 읽기가 가능할 것이기 때문에 결론은 항상 열려 있어야 하는 것이다.

『아큐정전』의 결론인 대단원이 그렇듯, 결론은 찬란한 승리와는 아무런 관계가 없다. 아큐의 비극에서 별다른 카타르시스를 경험하지 못하듯, 『아큐정전』 읽기의 결론 역시 카타르시스와는 상관이 없다. 단지 관점의 충돌과 투쟁을 보여줌으로써 해석의 가능성을 열어둘 뿐이다. 독자가 루쉰의 작품에 담긴 다양한 의미를 나름대로 해석하여 자기 성찰의 계기로 삼는다면, 작품 읽기의 결론은 영원히 열려 있을 수밖에 없다. 깊은 밤중에 광야에서 울부짖는 상처 입은 이리의 참담함 속에 담긴 한탄과 번민, 노여움, 슬픔 가운데 어느 하나를 표준적인 해석으로 간주해서는 안 된다. 『아큐정전』에는 20세기 초 중국의 농촌과 농민뿐 아니라, 21세기 중국을 이해하는 다양한 키워드가 녹아들어 있다. 독자에게 요구되는 것은 그 가운데 하나를 집중적으로 탐구하여 작품은 물론이고, 중국을 이해하는 수단으로 만드는 것이다.

阿Q正传